渾蛋小姐

Miss Bastard

言若夢——著

如果不能和喜歡的人好好談一場戀愛，
那麼，每個受傷的女孩都有變成渾蛋的潛力吧？
不想被欺負，就只好先欺負人了……

出·版·緣·起

三百六十度全媒體出版

城邦原創創辦人　何飛鵬

當數位變革浪潮風起雲湧之際，做爲一個紙本出版人，我就開始預想會不會有數位原生內容出版社出現？如果會的話，數位原生出版會以什麼樣貌出現？而我又將如何面對這種數位原生出版行爲？

就在這個時候，我看到了大陸的起點網，這個線上創作平台，聚集了無數的寫手，形成數量龐大的創作內容，無數的素人作家在此找到了夢許之地，也成就了一個創作與閱讀的交流平台，而手機付費閱讀的習慣養成，更讓起點網成爲全世界獨一無二、有生意模式的創作閱讀平台。

基於這樣的想像，我們決定在繁體中文世界打造另一個線上創作平台，這就是POPO原創網誕生的背景。

做爲一個後進者，再加上我們源自紙本出版工作者，因此我們在POPO上增加了許多的新功能，除了必備的創作機制之外，專業編輯的協助必不可少，因此我們保留了實體出版的編輯角色，讓有心成爲專業作家的人，能夠得到編輯的協助，我們會觀察寫作者的內容、進度，選擇有潛力的創作者，給予意見，並在正式收費出版之前，進行最終的包裝，並適當的加入行銷概念，讓讀者能快速認識作者與作品。

這就是ＰＯＰＯ原創平台，一個集全素人創作、編輯、公開發行、閱讀、收費與互動的一條龍全數位的價值鏈。

經過這些年的實驗之後，ＰＯＰＯ已成功的培養出一些線上原創作者，也擁有部分對新生事物好奇的讀者，不過我們也看到其中的不足—我們並未提供紙本出版服務。

眞實世界中，仍有許多作家用紙寫作，還有更多讀者習慣紙本閱讀，如果我們只提供線上服務，似乎仍有缺憾。

爲此我們決定拼上最後一塊全媒體出版的拼圖，爲創作者再提供紙本出版的服務，讓所有在線上創作的作家、作品，有機會用紙本媒介與讀者溝通，這是ＰＯＰＯ原創紙本出版品的由來。

如果說線上創作是無門檻的出版行爲，而紙本則有門檻的限制，線上世界寫作只要有心，就能上網、就可露出，就有人會閱讀，沒有印刷成本的門檻限制。可是回到紙本，門檻限制依舊在。因此，我們會針對ＰＯＰＯ原創網上適合紙本出版的作品，提供紙本出版的服務，我們無法讓所有線上作品都有線下紙本出版品，但我們開啓一種可能，也讓ＰＯＰＯ原創網完成了「三百六十度全媒體出版」的完整產業及閱讀鏈。

不過我們的紙本出版服務，與線下出版社仍有不同，我們提供了不同規格的紙本出版服務：（一）符合紙本出版規格的大眾出版品，門檻在三千本以上。（二）印刷規格在五百到二千本之間的試驗型出版品。（三）五百本以下，少量的限量出版品。

我們的宗旨是：「替作者圓夢，替讀者服務」，在作者與讀者之間搭起一座無障礙橋梁。

我們的信念是：「一日出版人，終生出版人」、「內容永有、書本不死、只是轉型、只是改變」。

我們更相信：知識是改變一個人、一個組織、一個社會、一個國家的起點。讓想像實現、讓創意露出、讓經驗傳承、讓知識留存。我手寫我思，我手寫我見，我手寫我知，我手寫我創，變成一本本的書，這是人類持續向前的動力。

我們永遠是「讀書花園的園丁」，不論實體或虛擬、線上或線下、紙本或數位，我們永遠在，城邦、POPO原創永遠是閱讀世界的一顆螺絲釘。

楔子

溫度略高的唇，擦過我的嘴。

隨著柔軟觸感傳來的氣味香甜，像是蜂蜜揉合了青草味。我想問男人怎會有如此誘人的清香，但我沒有空。

扶著他寬厚的雙肩，我側著臉，吻上他泛紅的右耳，蠶食般地輕輕啃咬。

我能感受他輕微的顫動，他低沉的吐息散落在我頰邊凌亂的髮間。我闔上眼，隻手探入他襯衫的後領，細細撫摸他背上結痂的疤。

他放輕力道撥開垂落在我頸邊的長髮，身體前傾，在我頸項印上一吻。

那一夜，我剛滿十六歲，卻不是第一次脫軌。

十六歲的女孩不該面對面坐在男人的大腿上，不該在這種深夜逗留夜店，不該明明沒有醉，還肆意對陌生男人做出各種挑逗。

不好意思，我全做了。

巨大的電音震耳，周遭狂歡叫囂，許多打扮裸露的女人貼著經驗老到的男人旋轉熱舞，閃爍的雷射燈光隨著音樂節奏一明一滅。

酒氣醺人，菸味瀰漫。

我不是夜店小姐或酒店妹，我只是喜歡這裡。狂亂的氛圍，有助於麻痺討人厭的現實，再放大踰越道德的愉悅。

從夜店移動到汽車旅館，其實用不上幾分鐘。

當夜的最後，我們肩並肩步行。

路途上，絲絲有些涼意襲來，他脫下身上的黑色大衣，披在我的肩膀。我怔怔地拉了拉掛在我肩頭上的衣料，抬頭望向他。

「不要著涼了。」

他是那麼說的。低沉溫潤的嗓音，令我笑開，也令我想哭。

那一年，我年僅十六。

那一年，我不懂的事情太多，懂的事情也太多。

踏入汽車旅館門口，印象中我們並沒有任何彆扭，我想這在他的世界裡應該是件稀鬆平常的事，那時我當真是那麼想的。

鬆了口氣。

我可不希望吃到黏牙的糖。

不管怎麼樣，那一夜，我過得很甜。

他選了很不錯的房間。

我們一前一後上了二樓，踏入燈光昏黃的空間後，他第一件事不是脫光我，而是開暖氣，好像真的很怕我會感冒一樣。

我忍不住嗤笑，隨而踮腳吻上。攬著他散發熱氣的後頸，我的吻落在他的唇上；而他唇間的猛烈回應宛如獅子進食，步步進逼，很快掌握住情勢。

說眞的，接吻之際，我麻痺得很快樂，那些痛苦與失落都被我丟在腦後。雙手捧著他溫暖的臉，我將他清楚地望入眼裡，像是種烙印。我不會偷換概念或把他想像成某個誰，我只會告訴自己，此時此刻我就愛這傢伙，此時此刻我就要吃掉這傢伙，下一秒或下一分鐘會怎麼樣根本無所謂，更何況明日太陽升起的時候，會發生什事，誰又能知道呢？

我只會愛一夜。

我以爲他也是。

啊，現在回想起來，我糜爛的青春或許就是在那裡走歪的吧。

第一章

藉由觸碰，我能得知的事情很多。

——很多。

「欸，我跟你說，你不要騎腳踏車到我們家巷口那邊。」

國小四年級，我在學校二樓的走廊抓著歐大瓦的左手，以嚴正的語氣做出警告。

無論怎麼分班都跟我同班的歐大瓦一愣，明明是男生，長得卻比我還要秀氣的臉蛋起了波動。

「妳又……預知什麼了嗎？」歐大瓦戰戰兢兢地問，嚥了口唾沫。

「沒錯。」我定定地望向他天生茶色的雙眼，慎重點頭。

歐大瓦是我的同班同學，也是從小一起長大的鄰居。

打從有記憶以來，他就在我身邊。玩在一起、打在一起、聊在一起，但我們沒有在一起。那時候，我們還太過年輕。

他估計是不曉得我對他的心意，但他肯定曉得這以外的所有事情。

——他曉得我怪異的能力。

藉由觸碰。

我瞥了一眼我抓著他的手，視線又落回歐大瓦神色凝重的臉。在熙來攘往的教室走廊上，我們沐浴在斜射的陽光下，我握著歐大瓦的那隻手，沁出一層薄汗。

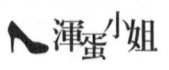

「所以，」我一臉認眞地盯著歐大瓦，以再誠懇不過的語氣開口：「顧問費，一百元。」

「……啊？」歐大瓦眉間一皺，頸子略微前傾。

望著他怔然的模樣，我不禁勾起一側唇角。

「你不會以爲我做慈善事業吧？」我歪著頭笑了，輕輕放開他體溫偏高的手，「我仔細想過，老天爺給我這種特異功能，可能是有原因的。」

「拿來勒索？」

歐大瓦緩緩將雙手環抱胸前，下課時間眾人的嘈雜聲響稍微模糊了他的問句，他似乎也意識到了，傾身湊近我一些。

「老天爺給妳特異功能是用來勒索我嗎？」他茶色的眼眸微瞇，笑容滿面地又問了一遍。

我挑起眉梢，身體靠著走廊左側的鐵欄杆。

「別說的這麼難聽嘛。」斜瞥向歐大瓦，我試著擺出苦惱的表情，「你想想看，我的手每次碰到你，就有可能會在腦海裡看見你發生危險的畫面，多痛苦啊。爲了阻止那些事發生，我每次都會事先提點你不是嗎？摸著良心想想看啊，是我讓你免於發生意外耶——對吧？不可否認吧？想一想，好好想一想，我對你這麼好，你是不是應該給我點回饋……」

我掌心向上，以拇指搓了搓食指與中指，擺明要錢。

歐大瓦低頭看了一眼我搓動的手，嘴角下撇。

「一百元，本大爺身上沒帶錢。」他伸出左手將黑色制服褲的口袋往外翻，裡頭空無一物，證明他現在身上確實一毛錢也沒有，隨即他舉起拿在右手的麵包，「但我剛去福利社買了早餐，要吃嗎？用來抵押。」

「啊，大爺英明。」我飛快接過麵包，撕開包裝袋就往嘴裡塞。

沒錯，我從小就是這麼對歐大瓦騙吃騙喝的。

不過嚴格說來，我並沒有騙他，我看到的預言畫面百分之九十以上都會成眞。

歐大瓦看著我啃食麵包的模樣，倏地笑了。我不明白他微笑裡的涵義，但我隱約察覺，並不是我盼望的那麼一回事。

他伸手揉揉我額前的瀏海，說我的髮質眞好，又黑又亮，好好摸。

「眞的，好好摸。」歐大瓦強調著，繼續手上的搓揉動作。

瀏海變得凌亂不堪，黑色髮絲散落在眼前，我卻完全不以爲意。看向歐大瓦爽朗的笑臉，我心中漲滿了喜悅。

我不由得勾動脣角，卻在下一秒收斂起差點洩漏的笑意。

「再摸要收錢，五十元。」我左手先比出手勢五，再握拳為零。

見我擺出一派認眞的表情，他臉都黑了，立刻縮回停在我髮間的那隻手，我不禁露出得意的笑容，見狀，他毫不憐香惜玉地伸臂勒住我的脖子，擺明了想來場搏鬥。

在我正準備架他拐子的前一秒，他霎時縮手。我疑惑地歪著頭，問他在幹麼，只換來他的輕咳幾聲。

之後我才察覺是怎麼回事。

一群隔壁班的女孩子踏著輕盈的步伐，掠過我們身側。

我不會告訴自己他喜歡的女孩子可能就在其中，我只會告訴自己，他不可能有機會被除了我以外的女孩接近。

我半瞇著眼，把注意力投向那群言笑晏晏的女孩。其中兩三個女孩回頭瞄了歐大瓦一眼，歐大瓦裝做不在意地望著鐵欄杆外。

我傾身貼近歐大瓦，一隻手挽上他的臂膀。

「歐大瓦，借我扶一下，我頭有點暈。」

我的嘴附在歐大瓦耳邊，以極其細小的音量，刻意虛弱地說著，盡量讓旁人看來像是很親密。

歐大瓦聽見我頭暈，以為是我舊病復發，神情非常緊張，連忙雙手扶住我的肩。

「怎麼了？還好嗎？會想吐嗎？」

他衝著我問出一連串關心的語句，我沒有回答，只是輕輕將前額靠上他肩膀，眼睛迎向注視著我的那群女孩。

幾個女孩陸續與我視線相交，在歐大瓦看不見的角度，我向她們露出笑容。這個笑容代表些什麼，我想她們明白。只見她們一個個瞠圓眼睛，別開目光，臉色略帶困窘與歉意，彷彿窺伺著別人老公的內疚小三。

我收起笑容，仰望個頭高我一截的歐大瓦。

「我沒事了，可能昨天熬夜太晚吧。」我隨便扯了個謊，又挽上歐大瓦的臂膀。

他任由我挽著，當他的眼神再次落向那群女孩時，她們已經走遠了。
非常識相。

我暗自稱讚那群女孩，隨即勾著歐大瓦一起靠上欄杆，我們東聊西扯，盡談些不著邊際的話題。

當他說起他覺得隔壁班某個女生長得滿正的，那一刻，我只是溫聲笑著說：

「憑你，也想追那麼漂亮的女生？」

我酸了那麼一句，換來他朗朗的笑聲。

望著他眉飛色舞的側臉，我漸漸沉下臉，挽著他的手又收緊了些。

藉由觸碰，我能得知的事情很多。

無法傳達的——卻更多。

將我壓在牆邊的男孩，是我從高中以來就交往的對象，與我同年，從「隔壁班同學」升級爲「正式交往的男朋友」，只花了三天。

是，有點隨便，眞是抱歉。

唇與唇的摩擦正在進行，從多久以前這個動作就只不過是摩擦了？其實想不起來。

身上的制服凌亂不整，制服胸口繡著代表高中二年級的兩條金槓，我們躲在學校人煙罕至的儲藏室裡，做著唇與唇的摩擦。

遠方傳來操場上的嬉鬧聲、奔跑聲、籃球規律的拍擊聲。

唰啦——

啊，有人灌籃。

歐大瓦認眞運球、跳躍上籃的側臉，突然浮現在我紊亂的腦海裡。

接吻時想著別的男生，是不是有點沒道德呢——算了，反正黏在我唇上的那人不會知道我在想什麼。

時至今日，藉由觸碰，我能得知的事情依然很多，無法傳達的，也依然那麼多，那麼多。

閉上眼，我試著集中精神與男友接吻，想著「接吻」的意義，卻更加明白我正在做的，並不是接吻。

這，稱不上接吻。

稍稍推開他，我別過臉。

「嗯？怎麼了？」

睜開眼，聽見他連聲詢問的低沉嗓音，我沒有接話，只是雙手搭上他的肩，緩緩將他推得更遠些。

看著他洋溢著青春氣息的黝黑臉龐，我禁不住笑出聲。

其實一切都很可笑，眞的抱歉。

「抱歉，我想我們應該要分手才對。」啊，突兀的話語自動溜出嘴巴。

他露出一副跟不上節奏的表情。

也對，我的語氣好像在說：「抱歉，我想這題數學題應該用這個公式才對。」這樣確實會讓人反應不過來。

那麼，更愼重點吧，畢竟都交往一年了。

「光煜，對不起，我們分手吧。」

好多了，對吧。

但他還是那副摸不清頭緒的臉，估計不能理解為什麼上一秒才在熱吻，下一秒卻會被女友笑著提分手。

那麼，我就直說了。

「因為你將會愛上一個真正愛你的女生，大約一、兩個禮拜過後吧？剛才跟你接吻的時候，有畫面出現在我的腦袋裡喔。」我指著自己的太陽穴，盡量溫聲地說：「場景看起來應該是在校慶的攤位上……啊，校慶是下下禮拜，沒錯吧？」

光煜聽得一愣一愣，點了點頭。

「那就對啦。」我拍拍光煜的肩，像是在教導一個不懂事的孩子，「現在跟我分手的話，到時候你就能毫無後顧之憂地去跟她在一起了！我腦袋裡的畫面清楚顯示你跟她互相有好感，交往會很順利喔！」

我伸手揉亂光煜柔軟的短髮，自顧自地笑開，而光煜只皺緊眉頭，倒退一步的同時，猛地揮開我的手。

「妳腦袋有問題啊！妳到底在講什麼！」光煜提高音量對我大吼，他的聲音在滿是塵埃的儲藏室裡來回迴盪。

我忍不住扭頭嗤笑。

損壞的體育器材堆疊在牆角，陽光從窗外透進來，我盯著飄浮在半空中的塵粒，空氣中的塵粒如閃亮的光粉，美麗的讓我移不開眼睛。

「喂！苗小磚！看著我！」

光煜極其氣憤，他單手用力捏住我的臉頰，強迫我看向他。

「苗小磚，我知道妳會預知什麼的，但是用這種理由來提分手，妳不覺得太過分了嗎？」光煜忿忿地瞪著我，粗吼著：「對我沒感覺了就直說，不需要說這種荒唐的謊言！」

震耳欲聾的怒斥聲直直灌入我的耳朵，我又伸手摸了摸他的臉。

「對不起，我對你沒感覺了。」我不想拖泥帶水，「還有，預知什麼的，才不荒唐。」

光煜似乎更加火大，放開了我的臉，一巴掌猛地甩了過來。

能躲開，但是，沒躲開。

啪！

我聽見肉與肉拍擊的聲響，一陣麻熱感在左邊頰面快速暈染開來。

打女人，眞差勁啊。

不過不是很痛，而且長痛不如短痛。

「呵。」光煜露出比哭還難看的笑臉，聲音顫抖，「我從來……就不相信妳會預知。妳說的預言，都只是在袒護妳自己吧？所有預言都是妳瞎掰的，對不對？說什麼現在分手是爲了我，這種屁話妳說的出口？笑死人了。」

他的眉間皺成川字。

「對不起啦，我知道你現在還滿愛我的，可是人總要看遠一點嘛。」我仍然深信浮現在我腦海裡的未來，所以又安撫地拍了拍光煜的肩。

光煜的臉一陣青，氣到快火山爆發似地狠狠將我的手用力撥開。

「妳眞的……沒救了！」他吼出這一句後，轉身便跑出了儲藏室。

望著他消失在半掩的門口，我感到全身脫力，搖搖晃晃地向後一靠。

我的背貼在斑駁的牆面上，緩緩下滑，身體蜷縮在牆角，疲累地闔上雙眼。

我也不想這個樣子。

活了十七年，藉由碰觸他人的肌膚，我看到了那些未來的畫面。我已經這樣過了十七年，我也不想像現在這樣越活越膽小，可是有些事不是不想就能避免。

我雙手抱緊膝蓋，將臉深深埋入膝間。

我剛剛說謊了。

與光煜接吻時，浮現在腦海裡的並不只是我說的那樣，而是更加難堪——光煜吻著不曉得第幾個新歡，被我迎面撞見，場面尷尬不已。

光煜不忠的習性我早就知道了，只是不想戳破，我小心翼翼地維持著這種因爲對方不忠所以我偷吃也心安理得的微妙狀態，但方才的預知畫面，讓我明白攤牌是遲早的事。

在預知的畫面裡，光煜臉上帶著萬分抱歉的困擾神情，得知自己是第三者的女孩面色驚訝，傷心地哭了出來，而最該憤怒的我竟然全然無感，一切如此荒謬。

在腦中看見這樣的畫面，我頓時明白了許多，不能再繼續下去了。

所以，在大家不知所措之前，我先主動提分手不好嗎？

這個樣子，不是很好嗎？

「說起來，妳當初到底爲什麼會跟趙光煜交往？」

聽我說完發生在儲藏室裡的分手過程，坐在我正前方座位的女孩居然提出這樣的問題，眞是莫名其妙。

「莫名其妙，我在跟妳聊分手的事，爲什麼妳會反問我交往的事？」

我的座位靠窗，窗外是人來人往的走廊，吵死人了，我用力關上窗戶，隔絕那些高中男生精力過剩的激亢吼叫。

現在是學校的打掃時間，剛吃完午飯，我與前座名叫黃雅森的女孩很是敷衍地掃完自己的負責區域後，便自動忽略周遭還在辛勤清掃的同學，悠閒地坐回位子上談論起我苗小磚生平的第四次正式情史。

「我只是很納悶哪——」雅森拖長尾音，斜眼望向我，「開學第三天，光煜來向妳告白，然後妳要求和他握手，握過手之後就直接答應交往了，實在很有趣耶。妳是戀手癖嗎？一握鍾情？」

「啊，也差不多該告訴妳了。」半趴在桌上，我嚴肅地看著雅森，正色說道：「我其實……眞的會預知喔。這次會突然跟光煜提出分手，也眞的是因爲預知到一些事情才決定這麼做的。」

雅森明顯愣了兩秒，在第三秒以鼻腔嗤出一記笑聲。

眞沒禮貌。

「我呢，藉由觸碰對方的肌膚就可以預知到對方的未來。當然啦，不是每次觸碰都可以，也不是對每個人都能預知，但是，既然有這種能力……妳也知道我絕對會好好利用的。」我換了個姿勢繼續半趴在桌上。「高一開學第三天光煜就跑來向我告白，當時我懷著姑且一試的心情要求和他握手，碰觸到他手指的那個瞬間，我腦袋裡立刻浮現出一幕我們交往後笑得很開心的畫面，所以就答應了。」

我聳聳肩，笑咪咪地從桌面半撐起身體。

「妳看，這個預知能力不是很實用嗎？雖然只和光煜交往短短一年，但至少這段時間的確有過很開心的日子。」

「所以妳是仙姑還是靈媒嗎？」雅森半開玩笑地問。

「啊——如果有那麼厲害就好。」

我一本正經的回答，似乎讓雅森非常意外。

「哇……妳不是在開玩笑喔？」雅森神情錯愕，眼神變得有些不一樣。

而我只是笑。

如果這一切只是玩笑，那就好了。

因爲這些那些——眼前的，與背後的，現在的，與過去的——全部，全部，已經一點都不好笑了。

光煜當初看上我的理由，或許跟他之所以能快速找到下一個女朋友一樣——就感覺不錯啊，直接交往試試看再說嘛。聽說當初他是那麼告訴同班同學的。

至於「欸，你當初怎麼會去跟苗小磚告白啊？」這類八卦問題，根據雅森打聽的結果，他的回答是：「開學典禮那天剛好有瞄到，覺得她很正，所以調查到她在哪一班以後，就決定去告白了。」

對於重視外貌的年輕女孩來說，這是多令人開心的恭維啊。

我一向覺得自己長得不差，他人給予的評價也大多如光煜所言，多半都認爲我是個正妹，得到男生的喜愛一向並不難，所以自從國小畢業那天，向渾蛋歐大瓦告白被拒的那一刻開始，我體內的某根筋就斷了，開始隨意與那些其實我沒那麼喜歡的男生交往。

不全然是受到打擊的自尊心作祟，更大的原因或許是他拒絕我的理由。

「啊，妳喜歡我？哇哈哈哈哈，妳開玩笑的吧？差點被妳唬了，好險好險。」十二歲的歐大瓦，和我一起站在公車站牌旁，彎下腰笑得差點喘不過氣來，嘴裡還繼續叨念：「別隨便開這種玩笑，磚磚。」

磚你媽！

「我不是開玩笑！我很認真！」同是十二歲的我憤怒地捏皺手上的國小畢業證書，另一手緊握在書包背帶上，頻頻強調：「我很認眞跟你告白欸！從小到大，我每次有困難你都會來幫我，我眞的……」

「啊，妳是說，每次作業寫不完我都會幫妳寫嗎？」

「不要打斷我說話！」我煩躁地鬆開握在背帶上的手，繼續往下說：「反正就是，我眞的覺得你很多方面都很可靠，我很喜歡跟你在一起，所以我覺得……」

「可是我要搬家了欸。」歐大瓦一臉天眞，笑容滿面。

相較於歐大瓦又一次打斷我未完的話，我比較在意的是——

「這跟那有什麼屁關係啊？」

啊，脫口而出了。

我虛心檢討自己實在說話過於粗魯，卻又想著：算了啦，反正我在他面前總是如此，更粗俗的話他也都聽過了吧。

只見歐大瓦無視周遭路人投來好奇的眼光，在人行道上大笑出聲。

我更是惱火，直接扯下胸前寫著「畢業生」三個字的紅色紙花別針，朝他身上丟。

「笑什麼啦！」我失控到像是要撲上去打架，音量明顯拔高，「想拒絕我就直接拒絕，不要用那種破理由來敷衍我！」

「喂……不要亂丟別針啊，刺到會很痛欸。」歐大瓦嘴裡碎碎唸，彎腰撿起掉在地上的紅色紙花，並順手將別針頭扣好。

然後，我永遠忘不了他接下來說的話。

「我要搬家了，我不喜歡談遠距離戀愛。」

落日餘暉淡淡灑在他爽朗的笑臉上，他竟然可以微笑地說出這樣的話。

我完全無法接受。

連距離都克服不了的傢伙……

我怎麼會笨到跟這種傢伙告白！怎麼會！

我氣自己氣到渾身發抖，猛地呼了自己好大一巴掌。歐大瓦見狀完全呆住了，過了兩秒才反應過來，伸手握住我的手腕。

藉由觸碰——那瞬間，我看見了未來。

看見了，在腦海裡清清楚楚看見了，所以哭泣，所以跑開。

那天我一路跑回家，影子被夕陽拉得很長——而他，並沒有追上來。

跌跌撞撞衝進家門後，我沒有再踏出家門一步，沒有再開窗與隔壁家的歐大瓦像往常那樣隔空聊天，沒有再接歐大瓦的電話，我完全無視歐大瓦的存在，直到歐大瓦全家搬離的那一天。

那一天的夜空，清朗的過分。

我跑出家門，在月色下遠遠目送歐大瓦一家人驅車駛離，越漸越遠。

眼睜睜地，眼睜睜地，目送他的離去。

我知道他將長成一位俊秀的男孩。

我也知道他將要親吻——親吻我以外的某個女孩。

第二章

幽暗的二樓臥房，沒有開燈，我躺在自己的單人床上，盯著被窗外透進來的月光所打亮的天花板，又一次想起歐大瓦搬家的那個夜晚。

那是個炎炎夏夜，搬家工人穿著白色背心在歐大瓦家裡裡外外忙進忙出，我趴在窗檯上偷偷朝隔壁望了一眼，便迅速逃開，隨即焦躁地跳上床，緊緊蜷縮成一團，雙手環抱住膝蓋。

氣溫高的嚇人，我卻手腳冰冷，控制不住身體的微微顫抖，近在眼前的離別讓我不由得六神無主。

很想再從窗戶偷看歐家一眼，我卻勉力壓抑住這樣的念頭。

我高傲的自尊在歐大瓦拒絕我的那一刻嚴重受傷，所以連日來，儘管明知他即將舉家遷離，卻賭氣地不願去主動關切，也拒絕再與歐大瓦聯繫。

如果現在我才想要去表示關心，不是太可笑了嗎？

當時的我就是這麼想著，固執地繼續縮在床上，不肯移動。

我聽見搬家工人搬運家具的碰撞聲響，那些我也很熟悉的木櫃、書桌、沙發等家具應該都已經一一被運到搬家公司派來的大卡車上了。

爲了壓抑內心的躁動，我把膝蓋抱得更緊。

我聽見卡車發動引擎的聲音，率先行駛而去。接著，當歐家的轎車隨後也跟著發動引擎時，我內心的某處終於爆炸。

我終於按捺不住，一個翻身便跳下床猛力奔跑起來。

奔出我的臥房，奔出我家大門——最後卻只能目送歐家轎車的車尾燈逐漸遠去，紅色光影越來越小，直到再也看不見。

那一刻，我努力忽視流淌在眼角下的滾燙液體，以及胸口的冰涼一片。

而現在我只是在想，當年我要是沒有鬧彆扭、沒有在告白後就任性地與歐大瓦斷絕往來，是不是就不會發生預言畫面裡的未來？是不是一切還有轉機？

「唉……」

搖了搖頭，翻過身，我拉緊棉被。

無論如何，都太遲了。

我沒有歐大瓦新家的電話，也不知道他新家的地址。

「搬走後的歐大瓦」對我而言，是道沒有線索的謎題。

未來，應該也是這樣吧。

這道謎題，或許會持續一輩子無解；我對於愛情的態度，或許會繼續自暴自棄一輩子；後悔的事情，或許也會後悔一輩子。

誰知道呢？

如果從此不能再見歐大瓦，不能再有機會觸碰他，我是沒辦法預知這些的。

「所以說，妳沒辦法預知自己的未來？好弱！」雅森在校慶的班級攤位上對我大聲嚷嚷，「妳碰自己的時候沒辦法預知嗎？」

「無法啦！同樣的話要我說幾遍？要不要錄給妳，妳自己放來聽。」我不耐煩地回應她反覆跳針式的詢問，自顧自地調整我們七班的帳篷。

帳篷尖凸的篷頂紅白相間，二年級各班攤位的帳篷一一並列，如同馬戲團般洋溢著歡樂氣氛，供一年級學弟妹及校外訪客參觀遊覽。

八班的光煜就在隔壁攤位上，他搬著沉重的紙箱，轉身時恰好與我四目相對，面面相覷了約莫三秒，我們在第四秒不約而同地露出微笑，隨即有默契地各自移開視線。

經過一個多禮拜，我們之間的氣氛已不像分手那天那般劍拔弩張，他甚至在與新女友交往後，主動來找我道歉，爲了分手那天的氣話，以及那一巴掌。

當時我站在教室後門口，他站在門外對我行九十度鞠躬，嘴裡念念有詞：「對不起，妳說的都是對的……還有，對不起，那天我打了妳。」

我聽了便叫他抬起頭、直起身，他吶吶地照做。

最後我笑嘻嘻地朝他臉上狠狠揍了一拳，算是扯平。

「好了，在暴力上，誰也沒有對不起誰，你可以滾了。」我記得那時我是這麼說的。

收起因爲重擊而有些隱隱作痛的拳頭，我與他相視而笑，在旁人看來我們之間鐵定挺詭異的，不過我們都沒去理會周圍的好奇目光。

上課鐘響後，我目送光煜步伐輕盈地回到他們八班的教室，看樣子他應該是放下心中的石塊了，而我心裡暗自竊喜。

能夠先狠心甩了男友、再痛揍男友一拳的，估計只有我了，何況男友還心滿意足地被我揍。

眞是弔詭。

啊，該改稱他「前男友」了，在心裡老是男友男友的叫他，不行呢。

我甩了甩腦袋，專心綁好我們班帳篷上的紅布條。

布條上印有「冬瓜混搭十元，任選任加蹦出新滋味！」的白色海報字樣，非常醒目。前來購買冬瓜牛奶、冬瓜愛玉、冬瓜檸檬等混搭飲品的客人絡繹不絕，攤位前的排隊人潮相當可觀。

看起來就相當麻煩。

綁妥紅布條的麻繩結，我轉身溜出攤位。

「喂！欸！苗小磚！」正忙得不可開交的雅森，朝我大聲叫喊，「妳去哪裡啊？還不到妳的休息時間啊！」

我回頭看了她一眼，笑著比出勝利手勢。

蹺掉麻煩的工作，基本上就一個字——爽。

不道德，但很爽。

仔細想想，我這還不算長的一生似乎都在做這種事，說到底我就是個渾蛋吧，我由衷慶幸這一點。

在這個世界上，不是欺負人，就是被人欺負。如果不想被欺負，那就只好欺負人了。

抱歉，雅森。

對於接替我那份販售冬瓜茶任務的雅森，我朝著她的方向雙手合掌致敬，接著放下雙手，不再有任何歉疚感。

啊，我確實是個渾蛋。

我忍不住竊笑，走在擁擠的人潮中四處閒逛。

我從來就無法預知自己的未來，即使觸碰了自己的肌膚，即使揉捏，即使拍打，無論怎樣都無法預知。

即便身懷異能，對於自己的未來卻始終充滿許多未知，這是我由衷慶幸的一點，要不然，像現在這樣出現在眼前的畫面，就不會這麼令我喜出望外了。

「歐……大瓦？」

我怔怔地喚出聲，但微弱的聲音瞬間被人群的談笑聲給壓蓋住。我站在操場的跑道上，目不轉睛地盯著最角落的攤位。

歐大瓦穿我們學校的制服，胸口繡著兩條金槓，以及金色的「十六」字樣，代表著他所屬的班級——二年十六班。

此時此刻，他笑容燦爛，五官依然端正，但眉眼明顯比十二歲那年的他剛毅許多，身形也拉長了，變得高壯強健。

我認得那張笑臉。

無論他再怎麼改變，他眉飛色舞的笑臉，我永遠認得。

我努力壓抑心口的風起雲湧，想哭的感覺一波又一波。

但我終究沒有哭。

我猛力吸了下鼻腔，在擁擠的人潮中，側著身子走到十六班的攤位前，我嚥了口唾沫，試著忽略胸口的鼓譟。

「歐大瓦。」我出聲叫喚，又一次，「歐大瓦。」

終於，歐大瓦的視線迎向我。

望進他眼底的瞬間，胸腔內的猛烈心跳震得我五臟六腑一起跳動，只見他原先熱情招攬客人的燦爛笑容頓時消失，換上難以言喻的震驚神情。

「磚……磚磚？」

歐大瓦像是要確認些什麼，語氣聽上去竟有些說不出的恍惚。我可以解讀成他的嗓音是因爲過於驚喜而情不自禁地柔軟下來嗎？

「天、天啊！不要揍我！」

他緊接著發出的這一句吶喊，給了我答案——我眞的不該自作多情。

歐大瓦神色驚恐，快速躲到某位男同學背後。被當成人肉盾牌的男同學一臉茫然，同在攤位裡的其他人也朝我投來疑惑的目光，更別提被我擋到路的來往路人了。

在這麼多隻眼睛的齊齊注視下，我感到全身一陣僵硬。

「歐大瓦，聽著，我不會揍你，我也不清楚你爲什麼會認爲我想揍你。」我奮力保持鎭定。

望著歐大瓦熟悉的眉目，從前朝夕相處的記憶爭先恐後地湧上心頭，頓時我腦門一熱，彷彿我又是當年那個苗小磚，每每面對歐大瓦時，不知怎地就會流露出趾高氣昂的態度。

我刻意忽視眾人的視線，衝著歐大瓦勾起一個威脅感十足的笑容。

「不如你十分鐘後到學校花圃跟我會合，好好解釋清楚爲什麼我應該揍你，好嗎？」我聽見自己的聲音像是在笑，卻比哭更難聽。

隨即轉身就要離開，才邁出一步，又停住腳步。

我回頭瞟向依舊瑟縮在某位同學身後的歐大瓦，確認他也正盯著我看，我才又低聲補上一句。

「不來你就死定了。」

步離十六班的攤位，走在人群間，我抬頭仰望頭頂那片乾淨無雲的天空。

我喜歡天空，光是這樣望著就能讓我開心起來。

我痛恨歐大瓦剛剛的反應，所以這種時候，必須做些讓自己開心的事，藉此麻痺痛苦。一直以來都是如此，無論是過去與歐大瓦失去聯繫時，或是意識到歐大瓦根本沒想主動聯絡我時，這些時候，我都會放縱自己尋求其他慰藉，只要能讓我不要再感受到痛苦，什麼都可以，什麼都沒關係。

我明明從未搬家，從未更換家用電話，我明明就在原地。

我明明就在這裡。

我明明，就一直等在原地，歐大瓦卻從未捎來一絲訊息。

太過分了。

我恨這些與那些，所以必須麻痺自己，否則太過痛苦。

於是我開始尋求信手拈來的速食情感，尋求唇與唇之間的親密接觸。

這樣活著會比較輕鬆，會比較能記得邁開腳步向前，記得別浪費握在手上的大好青春，別回頭，別想著歐大瓦。

不想回頭，就抬頭吧。

我抬頭注視天空，注視晚霞暮輝，注視陰晴雨雲，注視或青藍或灰白的天際，就那麼度過朝朝夕夕。

經過了好幾個冬夏，向前走到了這裡，這一刻。

這一刻我仍然望著天空，綁在腦後勺的長馬尾被地心引力拉扯得有些沉重，入校參觀的大人小孩在旁交談嬉笑，同校的學生大聲叫嚷，我嗅聞到人群悶熱的汗水味。

如果能下場雨就好了。

我不禁這麼想著，伸手抹去額角冒出的細汗，伸手將略長的瀏海旁分，露出額頭，我腳下的步伐始終未停，大概是分神仰望天空的緣故，我竟迎面撞上一個男生。

突然間，一陣天旋地轉，我跌坐在地，只模模糊糊瞥見對方穿著制服，染成金棕色的短髮看上去很囂張。

我忍不住吃痛哀叫出聲。

對方似乎被我的慘叫聲嚇到了，趕緊朝我伸出一隻手，連聲詢問：「妳沒事吧？喂，站得起來嗎？」

我皺著眉抬頭一看。

向我伸手的男生逆著光，我無法看清他臉部的五官長相，只能目測他身高約一百八十公分，這個年紀就有這種身高應該很受女生歡迎。

「啊，妳……」

他發出零碎不成語句的聲音，我愣了下，想也沒想便握上他想拉起我的那隻手，他一把將我從地面拉起。

我的手與他的手緊密貼合著，快速閃過我腦海中的畫面猝不及防，我下意識地倒抽口氣。

他似是沒留意到我的異狀，仍直勾勾地盯著我，我這下才終於看清他的相貌——唇形剛毅，鼻樑高挺，濃密的眉毛壓在眼上。

怎麼搞的，好像在哪兒見過啊……

我歪著頭，目光掃視他全身上下，試圖從記憶中找出關於這個人的資料。

「妳是不是……那個……」

就是他這句斷斷續續的話，霎時喚醒我所有關於他的記憶。

「妳是不是……那個……喝醉了？」

一年前的那一夜，同樣的低沉嗓音，溫潤如情人間的呢喃，當時我雙手捧著他的臉，笑嘻嘻地以我滿口酒氣的嘴，覆上他的。

排山倒海的過往猛烈襲來，我又一次倒抽口氣，轉身拔退就跑。

他不曉得我的名字，所以他只能連聲大喊：「欸妳！喂！妳！等一下！」

儘管周遭人聲嘈雜，但疾步奔跑的我依然能聽見他的連聲呼喊，可見他不屈不撓地追過來了。

我想回頭確認，但動物求生的本能直覺告訴我，沒時間回頭啊！

快跑！苗小磚！慢下腳步就完蛋了！

快跑啊！

我的肩膀與腳踝一連擦撞到許多路人，只能頻頻大喊著：「對不起！」、「不好意思借過。」、「對不起撞到你了！」、「天啊，抱歉！」諸如此類的道歉話語。

最後我轉進學校穿堂，又跑上穿堂旁的樓梯。

隨著周圍走動的學生越漸稀少，身後追趕的步伐聲越漸清晰。

我依舊沒有回頭，快速驅動發疼的雙腿，一鼓作氣跑上三樓，再鑽身躲入數來第二間的美術教室。

教室內空無一人，我立刻擠到木製講桌下方，桌底三面包覆著厚厚的木板，從旁根本看不出來裡頭躲著一個人，安全無虞。我是那麼想的。

屏住氣喘吁吁的呼息，胸口堆積的熱氣彷彿一股腦塡入肺葉，我感到燥熱不堪，此時我聽見教室外傳來走動的聲音。

我察覺自己的指尖竟不爭氣地微微發顫，其實根本沒必要那麼怕他，把欠他的錢還一還就得了，但我不由得爲自己曾經拿錢落跑的行徑感到羞愧，我那麼做簡直把自己定位在小偷與妓女之間，事到如今，爲了讓自己的良心好過些，我只能以年少輕狂當作藉口。

去他的年少輕狂。

眞想把自己塞回娘胎重新設定。

咬著下唇，我抱緊膝蓋，像貓一樣緊緊蜷縮成一團。

走廊上的步伐聲突然停住了，似乎來人正在思索著什麼，最後竟轉而也踏進了美術教室。

那沉重的步伐聲緩緩朝講台逼近，我的背上已經全是冷汗。

「別躲了，我知道妳在裡面。」明明充滿磁性的嗓音，說出來的話語卻很是冷硬，「我親眼看到妳跑進來了，妳就不要浪費時間，自己現身怎麼樣？」

可惡。

我咬緊牙，懊惱地把臉轉向講桌深處，宛如鴕鳥固執地把臉埋入土堆。老天保佑我看不見他，他就看不見我。

但是，苗小磚，別傻了。

「抓到妳了。」他沉沉低笑，一隻手抓上我的右臂。

我雖然嚇得渾身震了下，卻仍死盯著我眼前那片木板，堅持不肯回頭。

他以鼻息吁出一絲輕笑，近得彷彿就在我耳邊。

他把手伸入講桌底下，硬是將我的臉扳過去對著他。

「果然是妳，一年前的夜店女。」

一年前的夜店女。

有點糟的稱呼。

我不禁挑起右眉，看向他的眼睛。

他蹲踞在我右方，壯碩的身材擋住出口，我只能盡量把身體往講桌裡鑽。

「我……不知道你在說什麼。」喉嚨深處隱隱發燙，我硬是擠出這麼一句。

我想我應該有擺出一副裝傻的表情吧，刻意微慍地瞪著他。

「把我認成什麼夜店女也太失禮了。」我忿忿地說。

我的經驗告訴我，越是被別人質疑就越要理直氣壯地攻擊回去。明明是加害者，卻裝作是無辜的被害者，這我很拿手。爲了避免不必要的麻煩，希望他能以爲他眞的認錯人了，所以我想我必須得要看起來很生氣。

「難道我像是那種會去夜店的女生嗎？」我一把抓起束在腦後的馬尾，暗指自己的髮色純黑可是乖乖女的證明，並且定定望著他金棕色的瀏海，憤怒中帶點酸溜地諷刺他：「愼重跟你聲明，我不是夜店咖，我可不像你這種人。」

「不好意思，我這輩子也就一年前去夜店玩過一次。」他凌厲的目光掃視過我的臉，語氣竟像是嘆息：「那次之後，我去夜店就不是爲了玩樂了，我去，是爲了找到妳。」他沉下聲音。

怎麼他說的話聽起來像是討債集團？

我額際抽動了下，堅持說謊到底，「就跟你說你認錯人了！」

「那妳剛才爲什麼要逃？」他一下子湊近，瞇細眼眸，反覆審視著我臉上的表情變化，「妳明明就是那個女的，妳明明記得吧？那個晚上，跟我發生了什麼……」

「我說了，我不知道你在說什麼。」

「忘記了嗎？要裝失憶是吧。」他嗤出一聲笑，傾身朝我逼近，「需要我幫妳想起來嗎？」

挑逗性的詢問，讓氣氛頓時曖昧起來。

他溫度略高的唇若有似無地擦過我的嘴角，我聞到他身上散發出一股暖洋洋的氣味，彷彿蜂蜜揉合青草的清香，說不出的誘人。

一年前，就是爲了這股香味，我輕輕吻上了他泛紅的右耳，而今我只是對著他右耳說出不解風情的話。

「先生請自重，這裡是學校。」

他似乎有些訝異，估計他打從心底認爲我應該要是個放縱欲望的女生。只見他濃眉高高挑起，挺直頸背，退遠了些。

「這麼正派？」他似笑非笑，「我就不記得妳一年前有這麼正經八百。」

我煩躁地低下臉，老實說我對於目前的情勢有點厭煩，我一個勁地裝傻，他一個勁地窮追猛打，我厭惡這種停滯不前的膠著。

「夠了，廢話少說。」一個衝動，我索性放棄裝傻，打算把話說開，好盡快解決問題。「你想幹麼，要我還錢？還是要我下跪道歉？你就直說吧。」

「找妳負責。」

「負責？」我一愣，忍不住嗤笑，「怎麼，那是你的第一次不成？」

「是又怎樣？」

我半開玩笑地問，沒想到他如此回答，語氣正經，竟不像是說謊。

「是又怎樣？」

不……不怎樣，很好啊，很好，有節操。但你真的看起來不像第一次啊。過程中也不像，激烈到連套子都破了，真的嚇飛我半條命，早知道就別聽信什麼網路謠言，套了兩層反而磨破——夠了，苗小磚妳停下來，回憶stop。

我伸手扶住額角，眉心怎麼也舒展不開。就在這時，我聽見他嘴裡咕噥著一個有些含糊不清的問句。

「那個……寶寶，還好嗎？」

支支吾吾，他問出口的同時別開了眼。

我完全傻眼。

「蛤？」

除了這個代表疑惑的單字，我想不出該如何回應。

……蛤？

「我有在打工……所以……」他的眼神依然落向別處，神情有些彆扭，「嗯，我畢業後會直接去工作。雖然、雖然剛開始薪水可能不會太多，但我一向有存錢的習慣，我……我會和妳一起養育他的。」

「養育……誰？」

「寶寶啊。」他仍然沒有看我，線條剛毅的側臉雖然還是頗帶凶神惡煞的意味，但此刻看上去竟讓我覺得他正處於一個非常羞赧的狀態。他語氣僵硬卻又不失愛憐地說：「我們的……小孩。」

天啊，我有點暈。

我全身脫力似地塌下肩膀，「不，你誤會……」

「不？妳打算自己養嗎？」他一下子大聲起來，終於正眼望向我，眼神帶著正氣凜然的味道，「我不同意。」他停頓一秒又激動強調：「那是我的小孩，我一定會娶妳！我們會成爲一家人，相信我！」

我愣愣地盯著他一派認眞的眉眼，確認他不是在開玩笑，才漸漸明白他的用意。

「喔——我懂了。」我了然於心，勾起唇角，「你不是來叫我對你負責，而是你要對我負責？」我猜測著他的來意，不由得笑出聲來，「哈，怎麼有你這種男生啊？負責什麼的，我不需要啦。」

「我需要！」

沒想到他會這麼堅決地回應，嚇了我一跳。

瞠目結舌，我盯著他的臉瞧，怎麼會有這種人？

「……你不要無理取鬧好不好？」最後我忍不住脫口而出。

他似乎非常喪氣又不服氣，濃眉垂了又豎，銳利的雙眸定定地瞅著我：「我……我不想錯過我們寶寶的成長過程啊！」

「沒有寶寶啊！」

「而且我……蛤？」

「沒有寶寶！」我無奈地重申，為這場怪異的對峙嘆了口氣。

他看上去似乎還處於沒辦法接受事實的樣子，我繼續冷靜地做出解釋：「那天之後，我有吃事後避孕藥。而且，就算沒吃，也不見得那麼倒楣，一次就會懷孕。」

看啊，多簡潔，事情確實如此，就是如此，哪來的小寶寶？連這種最基本的常識都沒有，這下子我相信那晚真的是他的第一次了，想不到竟會在夜店碰上一個純情男，嘖。

他的臉色青白，好似魂都要飄走，機不可失，我試圖溜出講桌底下，然而他猛地擋住我的去路，回過神來盯著我不放。

「所以……妳從來沒有懷孕？」他面色凝重。

我愣了下，想說他到底在問什麼廢話，接著又聽見他聲音鬱悶地問出下一個讓人想大翻白眼的問句。

「妳從來……沒有生小孩？」

我感覺頭有點痛，勉強應聲：「嗯。」

「沒有……寶寶嗎？」

「嗯。」他的健康教育老師到底有沒有認眞上課啊？

「原來，是這樣……」

頃刻間，他整張臉是像蒙上一層陰影，看得我當場傻住。

「……」

你這麼悵然若失，是要我如何是好？

第三章

我依然不曉得他的名字。

除了他一年前滲著細汗的身體以外，對於他，我一無所知。

看他那麼想要寶寶的樣子，姑且叫他寶寶男。

寶寶男得知沒有寶寶的那一刻，彷彿面臨世界末日天崩地裂，那神情眞是太經典了，我不禁想用手機拍下來，但我並沒有那麼蠢，我只是從制服裙的口袋裡掏出手機，在他眼前晃了晃。

「給我你的聯絡方式吧，這樣我才能還錢給你。」我煞有其事地說道：「當初拿走你的錢眞的很對不起，因爲那天我沒錢坐車回家……」

「那爲什麼不叫醒我？」寶寶男橫眉豎目，質問的語氣很是剛硬。

「啊，你生氣啦？」我擠出笑容，帶著撒嬌的意味，又扯謊道：「不要生氣啦，我還不是因爲看你睡得很熟，不忍心吵醒你呀。」

「最好是。」

「哎呀，不要生氣了，好嗎？就說一定會還你錢的嘛。」

「我生氣的不是錢的事。」寶寶男瞪過來，又僵硬地調開視線，低聲咕噥：「我生氣的是妳不告而別。」

「……欸？」

我愣愣地望著他越漸發紅的耳朵，隱約意識到了些什麼。

不妙。

我抽動唇角，想別開目光，但他臉頰浮現的紅暈太明顯了，實在滿有趣的。雖然這種見鬼的情勢實在不妙，但大個子害羞的模樣太有看頭。

「妳知道我那陣子找妳找得有多辛苦嗎！」他突如其來冒出這一句。

「啊，喔……」我有點不知道該怎麼回答，但仍勉強擠出二個字：「抱歉？」語末聲調意味不明地上揚。

只見他眉間皺出一條深刻的摺子。

「算了，不要緊。」他一把搶過我的手機，輸入自己的號碼後撥出，過沒幾秒，他制服褲口袋內的手機傳出一陣悅耳的鈴聲。

慘了，本來只打算打發他的。

原訂計畫是意思意思記下他的手機號碼就拔腿開溜，只要他沒我的號碼就拿我沒輒，我是那麼想的，我只想草草敷衍這傢伙，然後盡快去和歐大瓦會合。

現在好了吧。

妳已經完蛋了，苗小磚。

我怔怔地接過他遞回來的手機。

「反正現在找到妳了。」他的眼睛瞥向我繡在制服上的班級數字，近身靠在我耳邊說：「不會再讓妳逃走了。」

頓時，我打了個寒顫。

不妙。

眞的不妙。

這塊黏牙的糖，看來會死死黏在我牙齒上。

「給你一個建議，你最近最好不要去福利社買東西。」

那是校慶當天，我對寶寶男說的最後一句話。話一說完，我便迅速從講桌下的狹窄空間裡鑽出來，從他身旁逃開。

他不曉得我擁有預知的能力，我從未告訴過他。基本上我一直認爲一年前那一夜就是我與他之間全部的緣分，天亮過後就不會再有任何延續的可能，我也不想要有。

一年前那一夜我大概碰遍了他全身，卻沒有藉由觸碰看見任何預言的畫面，我在他身上看不到未來，我就放心地以爲我們之間不可能會有未來再相見的一天。

我錯了。

今日的重逢在我意料之外。

包括這次竟然能預知到他的未來，也在意料之外。方才跌坐在地，被他伸手一把拉起時，那一瞬間，我藉由觸碰了他寬大的手掌，預知到不好的事——關於他將被福利社倒塌的貨架給壓傷。

縱使不願他擅自出現，打亂我自由的人生步伐，但基本的良心我還是有的。

但願他會聽話。

我不曉得他會不會把我乍聽之下莫名其妙的建議當一回事，但我想我已經盡到告知責任，仁至義盡。至於之後會怎麼發展，就聽天由命。

寶寶男會怎樣，其實對我來說並不重要，我只是多少認為他是個溫柔的人，看他那一夜明明都已經到了汽車旅館，還先擔心我會不會感冒就知道了。我只是多少認為溫柔的人不該受傷，所以提醒他別去危險的地方，所以不希望他再接近我。

我可是個無可救藥的渾蛋，離我遠一點比較好喔。

如果眞有機會再碰上他，我想我會這麼說。

我無暇深思老天爺爲什麼會讓我再次遇見寶寶男，但我知道老天爺讓我再次與歐大瓦相見，必然有其道理。

沒錯，一定是爲了讓我們得以再續前緣，歐大瓦之所以遲遲沒有聯絡我，一定有什麼難言的苦衷。

沒錯，一定是這樣。

「爲什麼一直沒聯絡妳？啊，妳說我搬家之後嗎？」歐大瓦與我一起並肩坐在校園花圃旁的長椅上，他思忖了下，才緩緩開口：「因爲……小學畢業那天，妳不是跟我告白嗎？我想說，那次拒絕妳之後，妳應該會覺得我很白目什麼的吧，畢竟搬家前那陣子妳都不肯見我，明顯就是討厭我了吧，所以如果再主動聯繫妳的話，不是很不識相嗎？」

馬的！

「就這樣？就因爲這樣?!」我不敢置信地拉高音調，「你知道一直以來我多麼想找到你嗎！但你卻沒留下任何聯絡方法，這麼多年……這麼多年！」

「啊，呃……」歐大瓦嘴角下垂，眼神不敢與我相對。

我氣憤難平，也扭頭看向別處，不料這一看，恰巧讓我捕捉到光煜的背影。

光煜正與一個男同學聊著不知什麼話題，還挺熱烈的。沒過多久他便朝操場走去，最後拐了個彎，消失在我的視線範圍內。

「幹麼？妳喜歡那個男的喔？」

歐大瓦突兀地問了這麼一句，整個人湊過來挨著我。

歐大瓦身上的制服半濕，大概是因為他們班的攤位選擇砸水球遊戲做為校慶活動，讓客人付錢砸他們水球，也算是種體力活吧。看他現在那副討人厭的八卦嘴臉，我還真想立刻砸他個三球，再往他嘴裡塞一球。

「不是喜歡他。」我聽見自己平靜地回應，「他是我前男友，叫趙光煜。」

「哇喔！所以是念念不忘？」

「不是。」我皺起眉頭，又在下一秒鬆開，朝光煜身影隱沒的轉角處望去，「是我甩掉他的，所以有點在意，至少想知道他過得好不好。」

過了半晌，我才聽見歐大瓦出聲。

「哇，真沒想到。」

我看向他，「沒想到我會甩人？」

「不。」他搖搖腦袋，「沒想到妳甩人之後還會去關心對方。」

「嘖。」我握拳輕輕揍了他肩膀，又迅速別開眼，垂下握拳的手，「不過，聽說他和新女友交往了，所以我想應該是不用太擔心。不是有人說過嗎？新戀情是治癒情傷的最佳良藥。」

「嗯……大概吧？我不清楚這種事情。」歐大瓦伸手搔搔後腦勺，「說到這個，苗小磚。」

「嗯？」

「妳交過幾個男朋友啊？」

突如其來的問句讓我有點措手不及。

我想所謂「男朋友」的定義應該不包括床伴或一夜情的對象，那麼，其實並不算多，但這麼忖度的同時還是讓我不由得心虛起來，回答盡量含糊其辭。

「也、也沒很多啦，就剛好湊一桌打麻將。」我低下臉嘀咕，又快速抬頭望向歐大瓦，故作輕鬆地將話題丟回去：「那你呢？你交往過幾個？」

「等等，湊一桌？妳有四個前男友？妳才幾歲而已，就有四個前男友？」

「你別模糊焦點啊，你交往過幾個，快點從實招來啦！」

我企圖以大嗓門壓過他的驚呼，與他在眼神上對峙了幾秒，他才放棄追問，笑嘻嘻地回答：「零個啦，我沒交過男朋友。」

誰跟他玩文字遊戲！

「你信不信我拔光你的牙齒。」

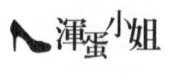

聽到我的威脅，歐大瓦仰頭朗朗大笑，眼角浮現細細的紋路，臥蠶微微凸起，令人想要伸手輕戳。

見鬼了，怎麼明明已經好多年不見，我還是那麼喜歡這個人？

像詛咒一樣。

會不會就這樣喜歡這個人一輩子？

如果真是這樣，那我也認了。

「快說，交過幾個女朋友？現在單身還是穩定交往中？」

追問的同時，我在心裡默默發誓——要是這傢伙說出「單身」兩個字，我苗小磚拚死拚活也要讓他和我在一起。

可是……

「交過一個，一個女朋友。」歐大瓦一派輕鬆地答道：「現在正穩定交往中喔，交往快一年了。」

一瞬間，有個什麼東西在我體內迸裂。

啵的一聲。

「啊，是喔。」我盡量讓自己笑得自然些，刻意揶揄地模仿他說過的話：「哇，真沒想到。」

「什麼話啊，我們感情很好，她超愛我的。」

啵的又一聲。

「言下之意是——你沒有超愛她嘍？」我盡量讓自己的語氣聽起來不會顯得那麼試探，甚至還過分地以促狹口氣追問：「什麼時候分手啊？」

「吼，妳嘴巴還是很賤欸！我們不會分手啦，我也很愛她好不好！」

不好。

好個屁。

「很好啊。」我說出與內心所想截然相反的話，伸手拍拍他的肩，「那愛情得意的歐同學是不是該請客呢？算是安慰一下感情空窗中的苗同學如何？」

「……爲什麼妳勒索我的習慣就是改不掉呢？」歐大瓦露出無可奈何的神色，掏出口袋裡的幾枚銅板，「我只有帶零錢，妳要喝什麼，我去販賣機買。」

「嗯……『磚磚飲料排行榜』第一名的那種。」

歐大瓦先是一愣，隨即綻開爽朗的笑容。

「知道了！」

他大聲答應，握著零錢起身，轉頭跑向穿堂附近的販賣機。

望著他的背影，直至他的身影逐漸模糊。

我回過頭，盯著自己的膝蓋，噙住下唇，握緊雙拳。

「歐大瓦，你能排出我喜歡喝的飲料名單嗎？」

「當然可以啊，妳以爲我是誰啊。」

「那你排啊，我先把答案寫在紙上，你不能偷看！」

「好啊。」

「你排對前三名我就請你吃冰，排錯的話……你要給我一百元！」

「爲什麼啊！妳又想勒索我！」

「怎麼啦？不是很有自信答對嗎？這樣就怕？」

「哼，妳等著請我吃冰吧！」

那段幼稚的對話，發生在我們小學五年級那年，我們並肩坐在搖搖晃晃的公車上。

最後我請了歐大瓦一碗冰。

他確實猜對了。我沒有成功拿到他的一百元，但我拿到他排列的「磚磚飲料排行榜」，從第一名到第五名，全是我最愛的飲料。

自始至終，我沒有告訴過他，無論他猜對猜錯，無論排行榜上寫著什麼樣的飲料，只要待在他身邊，喝什麼都很有味道。

沒有他陪伴的這些年，喝什麼都滋味全無。

但我想這些噁心的話是不必告訴他了。

「我們不會分手啦，我也很愛她好不好！」

我仰頭望天，回想起歐大瓦篤定的宣告，嚥下嘴裡發酸的唾沫。味道，真的不好。

十二歲，國小畢業典禮後，公車站牌旁。

我後悔對歐大瓦告白，後悔到對自己甩了一巴掌，一掌還不夠，歐大瓦搶先抓住我的手，制止我再繼續。

透過肌膚的接觸，我看見歐大瓦的未來，就在灼熱的腦子裡。

畫面中，歐大瓦斂低的眼眸透出溫和的光，深情地看著被他吻在嘴上的短髮女孩，略大的手掌捧住女孩紅撲撲的臉頰。

我永遠無法忘懷他那一刻的神情是多麼溫柔。

那是我從未見過的歐大瓦。

一個人疼惜、珍愛著另一個人，那樣子的神情。

畫面中的女孩雙眼緊閉，雖然模模糊糊只能看見她的側臉，卻也很足夠了。那個女孩不是我就不是我，對於這一點，我在十二歲對歐大瓦告白的那一天，早就明白了。

我是個認命的人。

但是，當歐大瓦親吻著某一個女孩，那一幕活生生在眼前上演時，我竟嚥不下那口氣。在腦海中看到預言畫面是一回事，親眼目睹又是另一回事。

不是不服氣的氣，而是氣憤的氣。

「搞什麼鬼。」

我的眉頭皺得死緊。

歐大瓦霎時停下親吻的動作，與那位短髮女孩一同驚愕地看著我。

我雙手環胸，惡狠狠地瞪著身高矮我一截的短髮女孩。

「呃，磚磚。」歐大瓦紅著臉，朝我踏近一步，同時慌慌張張地將短髮女孩護在身後，並想將手裡的葡萄汁遞給我，「這是妳要的飲料。」

我他媽的根本不想喝了。

剛才坐在花圃長椅上，一直等不到歐大瓦回來，最後等得我都不耐煩了，忍不住開始擔心歐大瓦是不是碰上什麼意外，於是跑到販賣機這裡看看狀況，沒想到，竟會讓我親眼目睹歐大瓦在販賣機前愉快地與女友熱吻。

不過，這並不是我會如此氣憤的重點。

「啊，還有……」歐大瓦見我沒要接過葡萄汁，只得縮回握著葡萄汁的手，尷尬地來回望了我與短髮女孩一眼，隨即向我解釋：「不好意思讓妳等那麼久，剛剛幫妳買果汁的時候正好遇到她，她是我女朋友。」

短髮女孩雙手抓著歐大瓦的左手臂，從歐大瓦身後探出半邊臉，一副小白兔躲在石頭後方的膽怯模樣。

我看得想吐。

「嗯，嗯哼。」我發出不屑的應聲，眉梢微挑，看著短髮女孩說：「妳好啊，又見面了，二年二十八班的周芷佳。」

名叫周芷佳的短髮女孩臉色大變，垂下濃密的眼睫，以細若蚊鳴的音量柔聲說：「妳、妳好……小磚。」

「欸？妳們兩個認識喔？」歐大瓦完全在狀況外。

我不禁以鼻腔哼出一記嗤笑。

「是呀，見過一次，印象深刻呢。」胸口的怒火正在擴散，我聽見自己尖酸刻薄的聲音，「前幾天，光煜介紹周芷佳給我認識，說是他的新女友。那真是場愉快的聚餐，是不是呢？芷佳。」

我看見周芷佳的臉色越來越難看，完全不敢看向歐大瓦。

揍過光煜一拳、誰也不欠誰後，上周五晚上，我曾在學校後門的餐廳與光煜、周芷佳，三個人平心靜氣地吃過一頓晚餐，並不是刻意約好的，只是我獨自一個人在一張四人桌上吃著一碗豚骨拉麵，偏偏餐廳客滿，他們小倆口便被老闆娘安排與我共桌。

我不確定周芷佳是不是就是我和光煜提分手那天，我在預知畫面裡看到的那個和光煜接吻的女孩，畢竟才這麼匆匆一瞥，況且又經過了好幾天，我早就記不清她的臉長怎麼樣了。

但我記得預言畫面中的女孩，有著與周芷佳一模一樣的髮型。

在客滿的餐廳裡，看著周芷佳與光煜之間的親密互動，當時我真心慶幸自己先與光煜提分手，成就了眼前兩人的幸福；現在我只氣自己當時竟看不出這女人的狐狸尾巴。

此時，周芷佳仍披著兔子般的柔弱外皮，躲在歐大瓦身後瑟瑟發抖。

而歐大瓦像全身凍結了一樣，一動不動，雙眼瞪得老大，視線卻不知落向何處。

「所以，介不介意跟我解釋一下，現在到底是在搞什麼鬼呢？芷佳。」我的聲音充滿惡意。

我想我應該掛著一張不懷好意的笑臉吧，瞧她那雙盈滿淚水的懼怕眼睛，我忍不住想好好捉弄她一番。

我睥睨地看著可憐兮兮的周芷佳。

「妳要同時交幾個男朋友都與我無關，但是，妳欺騙歐大瓦，我無法原諒。」

周芷佳唇角一僵，而歐大瓦這時才終於反應過來，轉身看向她。

「芷佳……」

歐大瓦輕捏住她的下巴，硬是扭過她的臉，與她四目相對。

「芷佳，這是眞的嗎？」歐大瓦低沉的嗓音像是在隱忍著憤怒，略微沙啞，「磚磚說的是眞的嗎？妳和其他男生交往了？那我呢？我算什麼？準備分手的人嗎？」

啊，這不是明擺著的事實嗎？分手吧，分手吧。

我在一旁發出念力，等待接收分手後的歐大瓦。一想到歐大瓦即將恢復單身，就讓我的心情無比愉快。

老天爺讓我們重逢果然是有道理的啊，謝天謝地謝佛祖。

好了好了，可以快點分手了，別磨磨嘰嘰地浪費時間。

「那個，你聽我說……」周芷佳低下頭，伸手將頰邊的髮絲掠至耳後，「我一直想跟你談這件事，可是……可是找不到機會。」

「談什麼？談分手嗎？」歐大瓦的臉色越來越難看，「爲什麼？我做錯什麼了？妳要這樣對我？」

天啊，這是什麼八點檔問句？

我不禁高高挑起右眉，興味十足，這還是我第一次觀賞分手擂台。

臨場感十足。

「不是……你沒有做錯。」周芷佳聲音顫抖地道歉：「是我錯了……對不起。」

她欲哭又止，「我……我國中和趙光煜同班，從那時候起……就很喜歡他，一直暗戀他……最近知道他和女朋友分手了，我……」

話說到這裡，周芷佳瞄了我一眼，又低下頭，接著她又支支吾吾地繼續解釋。

大致情況就是她與光煜交情不錯，也一直保持連絡，某天晚上她就安慰了被我甩掉的光煜，用什麼方法安慰她沒多說，不過我想也不用多說，見歐大瓦臉色這麼難看，我就曉得他已經自行腦補了許多畫面。

「夠了，不用說了。」歐大瓦制止周芷佳繼續解釋，他冷冷地向一臉歉疚的周芷佳嘆道：「分手吧。」

對嘛，這就對了。

我都在旁邊等了那麼久，總算讓我看到這齣戲該有的重點了。

我微微偏著頭，眼珠溜往周芷佳。

哇，還好意思哭啊？

周芷佳梨花帶淚，抽抽噎噎地嗚咽，嘴裡含糊地重複著：「對不起、對不起……大瓦，對不起……」

好啦好啦，別哭啦，就我的立場是還滿慶幸妳那麼人渣啊。我心情愉悅地想著，差點就要微笑了。

嘴角，爭氣點。

我努力抑制唇角上揚的欲望，集中精神奮力維持面無表情，估計我的努力很失敗，不過管他的，又沒人在看我。

最後含淚抽泣的周芷佳，轉身就奔離現場。

歐大瓦的視線沒有跟上她遠去的背影，他只是低下頭，怔怔望著自己微髒的白色球鞋鞋尖，看來他受到很大的打擊，只是強迫自己保持鎮定。

吶，剛剛才跟我炫耀和女朋友感情多好多好呢，實在有那麼點諷刺喔。

不過我想現在不是取笑他的時機。

我走近歐大瓦，試圖忽視他臉上遮掩不住的淚水，伸手探上他的左肩。不料，他猛地將我擁攬入懷，讓我本想輕拍他肩膀的手尷尬地停留在半空。

「拜託……讓我靠一下。」歐大瓦的嗓音乾啞，「身體有點不舒服……」語調像是撒嬌。

我想我真的是渾蛋，我竟覺得這種狀態真是太美好了。

幸好擁抱時看不見彼此的臉。

我望著天空，臉上大概滿是控制不住的笑意吧，但聲音還是刻意壓低，像在哀悼什麼重大失去似地。

「哪個地方不舒服？」我輕聲問。

而他收攏抱著我的雙手，將臉埋在我右側的肩頸間，悶悶地回答：「心臟。」

我點點頭，伸手輕拍他透出熱度的背。

「那讓我來治好你吧。」我說出這樣的話。

不是有人說過嗎，新戀情是治癒情傷的最佳良藥。

我不曉得他有沒有接收到我想表達的，我只是貼在他耳邊用氣音補上一句：「在一起吧，和我。」

歐大瓦聞言嚇了一大跳，猛地倒抽口氣，迅速鬆開抱著我的手，甚至還後退了好幾步。

我就知道。

雖然人家剛失戀我就提出交往要求，實在有點那個什麼，但我個人不喜歡拖泥帶水，沒辦法，我就是想乘勝追擊。

「我還是很喜歡你喔，做好覺悟吧，歐同學。」我對著一臉愕然的歐大瓦笑道：「當初你拒絕我的理由已經不存在了，對吧？現在我們可是念同一所學校，沒有遠距離戀愛的問題了。」

「呃，是沒錯……」歐大瓦像是極度感到困擾似地，剛剛心痛的神情一掃而空，目光在地面上左右游移，「可是、可是我才剛失戀，這樣不太好……」

「不對，應該是『這樣正好』！」

「不、不是嘛，妳想想看，如果我跟妳在一起只是為了填補空虛，這樣不是很糟糕嗎？」歐大瓦眼神不安地望著我，停頓幾秒，又低頭看向腳邊的紅磚地，小聲咕噥：「眞的這麼做的話，我不會原諒自己的啦……」

「屁話！」腦袋裡的理智線啪的一聲斷裂，我豎起食指指向歐大瓦，嚴厲地放聲質問：「歐大瓦，我認眞問你，你給我認眞回答！你到底對我有沒有一絲絲喜歡的感覺？單就這個問題回答就好，不要在那邊扯些爛理由！」

「我……」

「我不夠漂亮嗎？」

「妳很漂亮，眞的。我甚至覺得妳是我認識的人裡面最漂亮的一個，可是……我沒有辦法，呃……我沒有辦法……想像……」

「……什麼？」

「就、就是說，交往不就是會要接吻什麼的嗎？我、我沒辦法想像跟妳接吻啊，超怪的。」

「怪？」我一愣，「那裡怪!?」

「從小妳就像我的家人一樣啊，妳都會處處提醒我要小心，有時又會像角頭老大一樣勒索我……我……眞的沒辦法想像妳當我女朋友……」

他的語氣像是告解，雖然帶著委屈，態度卻非常坦然。

霎時之間，我終於明白了許多我以前從來沒想過的事。

「……我懂了。」我六神無主地隨便點了個頭，以低不可聞的音量跟自己說：「原來我得砍掉重練才有機會啊……」隨後掉頭就走。

我不知道我要走到哪裡去，我的心裡只是一直想著——

我這一生截至目前爲止，最最最想親吻的人，他卻無法想像親吻我。

他把我當最漂亮的人，卻不是最漂亮的女孩。

第四章

親吻的意義是什麼？

不外乎是爲了表達深愛，爲對方意亂情迷到想要一口吃掉對方。

簡言之，親吻，架構在愛之上。

那麼，親吻的定義呢？

生物學家謝麗・基爾申鮑姆，曾爲親吻下過一個定義——兩個人嘴對嘴的動作，或一個人將嘴唇貼在另一個人的身體上。

我想我在定義上，親吻過許多次。

而在意義上，親吻的次數卻屈指可數。

我可以任意愛不少人，無論生理或心理上，我都不算太執著於歐大瓦。我可以對歐大瓦以外的對象說愛，有那麼一點眞心；我可以與歐大瓦以外的男人滾床單，甚至樂在其中。

坦白說，以歐大瓦爲基準有那麼點可笑，畢竟我從未有機會與歐大瓦談情說愛，更不用說友達以上的肌膚之親，把歐大瓦做爲比較基準，有時讓我感到諷刺的想哭。

一廂情願是很可怕的。

一股空虛感從胃裡升起，再蔓延至心臟。自從國小畢業與歐大瓦分別以來，總是如此，那股難以忍受的空虛感逼得我無處可逃，逼得我得找尋其他替代品來麻痺自己，否則就會因爲過於難過而讓自己陷入難堪。

最戀慕的人，帶給我的竟是難過與難堪，笑死人了。

所以我明白了要怎樣才能讓自己好過些。

我不會欺騙自己，不會告訴自己我不愛歐大瓦了，那類賭氣的念頭沒有用。我總是告訴自己，我最愛的、最信賴的歐大瓦永遠都會是一個理想，在我抓住理想以前，我可以放縱，我可以愛，我有資格先與別人歡快。

身體是我的，心也是我的，從來不是歐大瓦的，歐大瓦憑什麼占據我全部的心思或全部的愛？我又何苦爲他單身或矜持？

歐大瓦或許是我截至目前的最愛，卻不代表他是我的全世界。

他不過是我在愛情裡最大也最想要的獵物。

校慶隔天的校園，恢復一如往昔的平靜。

我單手托著腮，百無聊賴地看著身材玲瓏有致的地理老師站於講台上，以和她外表極其不搭的粗啞嗓音介紹南美洲。

基本上我也就只知道她在介紹南美洲，其他細節我一概沒聽進耳裡，我滿腦子都在思索今後該如何狩獵歐大瓦。

至於捕獲到他以後會怎麼樣，我並沒有多想。會謝天謝地心懷感恩，發誓從此一心一意愛著歐大瓦？我想我不會說那種冠冕堂皇的漂亮話，我不怎麼對自己說謊，也就不會輕易許下承諾。

無論如何，等獵物到手再說。

身體微微側向座位旁的窗戶，透過玻璃看向空盪盪的走廊。正值上課時間，走廊上自然空無一人，灰花的地板映上斜斜射來的日光，以及樹影婆娑。

樹木枝椏的黑影在地上晃動，我盯著那搖曳的姿態，聽見雅森刻意壓低的聲音從我前座傳來，我沒有移開目光。

昨日與歐大瓦分道揚鑣後，我隨便向別班攤位買了杯珍奶，一回到自己班級的攤位，就奉上珍奶向雅森賠不是，對於我扔下工作的惡行，雅森一接過我手上的珍奶就樂得眉開眼笑，眞是個好打發的女人。

今天早上，我很乾脆地向雅森坦白一切，關於歐大瓦的存在、歐大瓦的重要性，以及天殺的居然讓我又碰見一年前在夜店一夜情的男孩，附帶還說了對方似乎沒想要把那一夜以及我這個人一筆揭過。

「小磚，妳猜那個人等等下課會不會來我們班堵妳啊？」雅森小聲問著，又補了句：「我打賭一定會。」

我終於轉頭看向她。

「不用跟我打賭，我也認爲他會。」我實在無可奈何。

昨日被寶寶男看見我繡在制服上的班別，是我這輩子最大的失策之一。

就像雅森說的，我敢打賭，等等鐘聲一響，應該就會看到寶寶男出現在窗外的走廊，我賴在座位上也沒用，估計會直接被寶寶男從窗戶直接拽出去。

「不會再讓妳逃走了。」

他低沉的嗓音在我腦子裡繞繞轉轉，語氣性感卻強硬到令人害怕。糟糕，我還是第一次在這方面感到害怕。過去碰上的一夜情對象不是藉由我來品嚐偷腥的快感，就是藉由我的肉體打發時間，實在沒怎麼遇過這般發狠貼上來的黏皮糖。

夜路走多遇到鬼。

我懊惱地單手捂臉，眼神已死。

「看妳這麼痛苦，怎麼？對方長得很抱歉？」雅森靠上椅背，微微側過臉，小聲問道。

我搖搖頭，「不會。我覺得長得不錯。」

「大概幾分？」

「九十二。」

「屁啦，妳不要講這種話顧面子好不好？在我面前不用這樣。」雅森回過頭瞪我一眼，老天保佑她還記得控制說話音量。

「轉過去，老師在看妳。」我瞄了眼台上的地理老師。

雅森連忙坐正，老師這才捧起厚重的教科書，繼續用沙啞的嗓音講課。

「我不是爲了顧面子才給他九十二分，我可是苗小磚欸。」我半趴在桌上，輕聲細語，「我這人還不到不挑食的地步。」

「我懂了。」雅森的聲音像是在笑，「所以妳一年前就是覺得他長得帥，才會挑他共度一夜，是嗎？」

「是又怎樣？」

「是又怎樣？」

慘了，動不動就聯想到寶寶男，這是什麼病！

對於自己竟然脫口而出寶寶男曾對我說過的話語，我心情複雜地垂下頭。

「一年前初遇時，老實說我以爲他年紀比我大上幾歲。」我伸手撫弄垂落在我桌子前方的雅森的深褐色長直髮，「那一夜，他讚美過我的頭髮。他跟我說，我的黑色捲髮很漂亮，問我是不是從來沒染過頭髮？他問話的語氣，還有之後的肢體交纏都讓我覺得那人經驗老道，我沒想過他竟然和我差不多年紀。」

「是嗎？」雅森點點頭，依然盯著黑板，再輕聲問：「所以妳眞的沒染過嗎？啊，對了，是不是也沒燙過？」

「重點在那裡嗎？」雖然明知她看不到，我仍翻了個白眼。

她發出一聲低笑，「只是一直覺得妳長長的捲髮像是經過設計師操刀精心設計過的，但從來沒看過妳頭髮變直，我本來想說妳不是勤勞補燙，就是自然捲。」

「自然捲。」我立刻接話，「我是自然捲，沒有染過也沒有燙過。」

「好稀奇。」雅森略略歪了歪頭，地理老師正轉身在黑板上振筆疾書，她低聲繼續說：「像妳這種浪女，居然在頭髮上那麼乖。」

我不禁彎起嘴角。

「因爲歐大瓦喜歡我的頭髮。」

我看見雅森突然全身一僵，她緩緩回過頭來，滿臉不敢置信。

怎麼，我不能有純情的一面嗎？

下課鐘響起，地理老師拿著講桌上的馬克杯，步伐快速地往教室外走去。

教室裡很快掀起陣陣談笑聲。

雅森優雅地翹著腿，一隻手放在我的桌上，神態閒適。

「我們來猜猜那個男的何時現身如何？」她完全就是等著看好戲。

「不用猜了。」我與站在走廊上的寶寶男四目相接，低聲回答：「他已經來了，就在窗外。」

雅森聞言，在椅子上猛地轉過身，視線看向窗外。

寶寶男被雅森突然的舉動引去些許注意力，但又立即將目光定定地移回我臉上，就在他正想對我開口說話的前一刻，他被一個男生攬住肩膀，對方向他說了幾句話，他露出為難的神色。

「他就是那個長相九十二分的男生？」雅森看了看寶寶男，又看向我，再看向寶寶男，「二年二十一班的……石軒？」

我愣了一下，「石什麼？」

「石軒啊。」雅森的語氣很是理所當然，完全無視我錯愕的眼神。

我忍不住問：「妳認識？」

她先是眨了眨細長的雙眼，隨即輕輕搖頭。

「不認識，但我聽過他的傳聞，聽說是個怪人。」雅森聳了聳肩，指向窗外仍被朋友纏住的石軒，「很多女生向他告白過，但沒一個成功，據說他都用同一句話來拒絕對方，他都說：『對不起，我不能和妳交往，因為我是要當爸爸的人了。』我聽到別人轉述的時候也覺得超怪的，但我現在大概了解為什麼了。」

雅森望著我的眼神顯然意有所指，她咯咯笑了起來。

我笑不出來。

我再次看向窗外，只見石軒依然站在人來人往的走廊上，一隻臂膀被剛剛那個身材高瘦的男生牢牢抓著。

石軒看上去非常苦惱，他皺著眉頭看了我一眼，又看回他身旁那個嘴裡正滔滔不絕的高瘦男。

走廊與教室人聲喧鬧，高瘦男說話的聲音我自然是聽不到的，只能瞇著眼睛，試圖從高瘦男的口形分辨出他究竟向石軒說些什麼。

最好是說我的壞話。

說吧，說我不是個好女孩，說我男女關係複雜，無妨，說什麼都沒關係，最好可以讓石軒就此打退堂鼓。

不料，下一秒石軒就朝我跨出了一大步，又被高瘦男一把拉住，石軒因此踉蹌了下，接著被高瘦男半架半拖地朝前方移動，最後兩人的身影隱沒在走廊盡頭。

我不曉得石軒聽了高瘦男的竊竊私語後，是想衝過來幹麼，我只曉得這一節下課應該是安全了。

「呼……」我吁出一口氣，趴在桌上，卻又立即直起上半身，猛然想起我的大獵物。

見我的動作實在怪異，雅森朝我丟來疑惑的目光。

「妳幹麼？」

我看了她一眼，逕自站起身來。

「我要去找歐大瓦。」

扔下這一句，我頭也沒回，跑出教室。

沒錯，我一路跑到了歐大瓦所在的班級後門口，到了以後，我用手指梳理自己散亂的黑髮，將歐大瓦喜愛的長髮輕抓放至左肩，露出右側的頸部線條。

我當然明白這些勾引的小動作對歐大瓦並不會有太大的功效，畢竟他壓根不把我當作戀愛對象看待，不過再怎麼說，死馬當活馬醫，說不定一個奇蹟發生，真讓我醫活那匹蠢馬也說不定。

我努力壓下奔跑過後的喘息，向靠近後門的某個男生提出請求：「不好意思，可以幫我叫一下歐大瓦嗎？」

坐在第一排最後一個位子的男生循聲望向我。

「妳說找誰？」那個男生推了推掛在鼻樑上的粗框眼鏡，透過厚重的鏡片盯著我猛瞧，眼神像是在打量。

「歐大瓦。」我急切地答，「我要找歐大瓦。」

眼鏡男點點頭，轉身朝教室內大喊：「歐大瓦，外找！」

循著眼鏡男呼喊的方向看過去，只見站在教室講台前方、手拿一疊講義的歐大瓦看見我時明顯一愣。

內心想著他還不趕快給我滾過來，表面上我卻是笑顏逐開，姿態比誰都溫柔。

「大瓦——嗨咿——」

我刻意以甜美的語氣打招呼。

教室內所有人紛紛看向我，約莫多少注意到我與歐大瓦之間的親暱，估計會懷疑我的身份——那是誰？跟歐大瓦很要好嗎？應該是吧？對啊，看起來感情很好。該不會是女朋友吧？——諸如此類的猜測，就像國小時期那樣。

太棒了。

完美。

我沉浸在宣示主權的竊喜中，愉快地笑彎了眼。

歐大瓦在眾人注目下，低著臉，抓緊講義朝我快步走來，停在我的面前。

我笑嘻嘻地看著他緊繃的臉。

歐大瓦像是在警戒什麼似地左右張望，低聲問：「怎麼了？妳怎麼會來？」

說話時，爲了迎合我的身高，他微微彎腰靠近我，而我順勢攬上他頸背，將嘴湊近他右耳。

「想你啊——」我拖長尾音，在他耳邊以氣聲說話，「想你所以來找你，不可以嗎？」

如此明顯超越友誼的舉止，令歐大瓦先是一僵，隨後背脊抽直往後退了一大步，我控制不住嘴角的笑意流洩。

我注意到眾人臉上的表情變得有些驚愕。

正中下懷。

我先是看看歐大瓦手上的講義，再直接迎上歐大瓦怔然的眼神。

「忙嗎？」我問。

他愣了下，隨即意會過來，搖了搖頭。

我露出微笑，語氣嬌嗲：「那我們到外面聊聊好嗎？」

此話一出，讓一旁站著的眼鏡男很快接收到話裡的意思，眼鏡男伸手一把接過歐大瓦捧著的講義，另一手拍拍歐大瓦的肩。

「這些我來發給大家。」眼鏡男以情義相挺的表情向歐大瓦用力點頭，一本正經地說：「放心去談你的戀愛吧。」

說話的眼鏡男語重心長，聽話的歐大瓦臉色蒼白，他正想辯解些什麼時，我猛力挽住歐大瓦的右手，笑咪咪地將歐大瓦拉出教室，並且不忘向眼鏡男道謝。

「謝謝你喔，掰掰。」我揮了揮手，又以雙手圈抱住歐大瓦的右手臂，將歐大瓦連拖帶拉地拉離十六班後門。

我與歐大瓦面對面站在走廊上，歐大瓦的個子高到我得仰頭才能看清他的臉。

「找我到底什麼事？」歐大瓦沉下嗓音。

「想告訴你，我是不會放棄的。」我的語氣似乎從未這麼堅定過。

他後退一步。

「我以為昨天我已經說的很清楚了。」歐大瓦蹙眉，嚴正聲明：「我們之間不可能會變成那種關係的。」

「這個你放心，我會把不可能變成可能的。」我上前一步，輕聲說：「讓我們約個會，怎麼樣？這個星期天，中午十二點，火車站集合。」

他低頭望著我，又僵硬地別開臉：「那種事……不需要。」

「我需要。」

「負責什麼的，我不需要啦。」

「我需要！」

與石軒之間的對話，突地在腦海裡響起。

我抿了下唇角，試圖清空多餘的思緒，專心地看著面前的歐大瓦，我聽見自己再次重申：「我需要。」態度更加強硬了些。

只見歐大瓦露出困擾的神情。

「……好吧。」他深深嘆息，一如既往地對於我任性的要求一概照單全收，但他下一個舉動，讓我明白，這些年來，他在我不知道的地方學到了其他東西。他說：「我會照妳的意思赴約，但現在，是不是先給我來點回饋……」

他掌心向上，以拇指搓了搓食指與中指，模仿我國小時期最常對他使出的索錢舉動，他的眼神滿是促狹。

我的心情有些複雜，但我沒多說什麼，只是斜睨著他，笑道：「一百元嗎？本小姐沒帶。」

他肯定也聽出我在模仿他，只見他的眼眸微微彎起，先是低頭看了一眼手錶，視線又落回我臉上。

「那麼，距離上課還有三分鐘，我還沒吃早餐。」歐大瓦意有所指。

我的右眉高高挑起，我伸手摸向歐大瓦毛燥的短髮，以指尖撫平他微微翹起的髮梢，營造出看似親密的氛圍。

我慢悠悠地問：「你要什麼？」

歐大瓦笑了。

「限時肉包。」

他的回答令我一怔，太陽穴不自禁地抽動了下。

「……好。」

我居然在上課前幾分鐘擠在福利社裡與眾人廝殺，就爲了搶肉包。

怎麼？我是下僕嗎？

荒謬！

我咬緊牙，在坪數不小的福利社中推擠向前。

歐大瓦明明曉得我痛恨擁擠的人群，還提出這種要求，我清楚感受到他的刁難。怪了，小時候的他有這麼心機深重嗎？

我盡量不去想歐大瓦現在與過去的差別，只專注於面前的戰場。

所謂限時肉包，是本校福利社的人氣商品，皮薄餡多，僅限每天第一節下課時間販售，一人限買一個，限時限量的威力如同隱藏版名牌包般強大，每到第一節下課就會掀起一陣搶購熱潮。

我從來沒想過自己會來買肉包。

入校以來，一聽到這項傳聞，我就對此下了個定論——荒謬！

一群人爲了買個肉包叫囂推擠，是瘋了嗎!?肉包再怎麼好吃也不必把自己搞得如此卑微吧！看看這現場，像難民群起暴動，荒謬！

而我居然爲了能夠與歐大瓦約會也混雜在其中，荒謬！

我又想呼自己一巴掌了，但現在沒空，再過幾分鐘肉包販賣處就會停止販售。現在，時間寶貴。

我苗小磚不喜歡徒勞無功的感覺。

不拚則已，要拚就拚到底。

豁出去了！

我鑽進擁擠吵鬧的人潮，彷彿在海裡奮力游泳向前，雙手使勁撥開擋路的人，期間

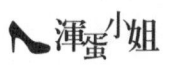

還猛力推了幾個瘦弱的女生一把，終於讓我擠到了販賣肉包的櫃檯前。

這是戰爭。

「阿姨，我要一個肉包！限時肉包！」我扯開嗓門，向櫃檯內的福利社阿姨大喊，試圖在此起彼落的吼叫聲中脫穎而出。

謝天謝地，阿姨注意到我了。

頭綁紅色頭巾的福利社阿姨看了我一眼，手腳俐落地操作鐵製長夾，從食品保溫櫃裡夾了個肉包放進紙袋，遞到我的手上。

「謝謝！」我將握在手裡預備好的十元硬幣交給她。

福利社阿姨接過錢，連回話都沒時間，立刻轉身夾起肉包遞給另一個廝殺成功的學生，而我被後方的人持續推擠，胸口不斷撞上櫃檯，撞得我C cup都要腫成D cup了。

我艱難地回過身，面向瘋狂的群眾們，邁出步伐。

「借過！借我過一下！」我反覆喊著，雙手緊緊抓住肉包的紙袋口。

由於幾乎以環抱的姿勢替肉包護航，我只能用肩膀將其他人一一撞開，就這麼汗流浹背地衝出一條路，彷彿橄欖球隊員。

好不容易，終於快要抵達福利社門口，但下一刻又被重重湧入的學生推入福利社中。

我踉蹌了下，還是勉力站穩。

就在這時，掛在天花板角落的黑色音響傳來上課鐘聲。

噹噹——噹噹——

慘了。

我有不好的預感。

果不其然，聽見鐘聲後，尚未買到肉包的學生們發出淒厲的哀嚎與憤怒的吼叫，滿室躁動的激亢情緒令我下意識地縮起肩膀，將懷中的肉包抱得更牢。

身旁有個陌生男生突地發出驚呼：「妳有買到!?」接著我連他臉長怎樣都沒看清楚，他就伸手試圖搶走我懷裡的肉包，嚇得我霎時失聲尖叫，連忙捏緊紙袋。

「拜託啦，我好想……喔，忍……久了。」

陌生男嘴裡碎唸著一串句子，我沒有聽清楚，但我明白他想硬搶。

不要臉！

從來只有別人爲我妥協，我怎麼可能會讓人欺負？

我死命地護住懷中的肉包。

在拉扯的過程中，我猛地向後倒退幾步，竟不小心絆倒了某個女生，混亂中，那個女生又絆倒了另一個男生，我們三人就這麼撞成一團，緊接著一個個重心不穩，全跌向了橫亙在福利社中央的貨架。

貨架承受不住我們三人的重量，一陣劇烈搖晃後，終於傾倒向另一側，發出駭人的巨響。

我跟另外兩個同時跌倒的人一起吃痛地哀叫出聲，周圍掀起震耳欲聾的驚呼與尖叫，原本放在貨架上展售的零食餅乾全散落一地，某些紙盒包裝還被我們壓爆、傳出啵啵啪啪的悶聲。

「嘶——好痛。」我勉強半撐著身體，想要坐起。

左手扶著疼痛仍緊抓紙袋的右手，但我才一挪動身體，整個臀部又落入層架間的空隙，坐上了不知什麼物體，然後，一記像是男生發出的低沉悶哼聲傳出。

一股不祥的預感，在我心底冉冉升起。

第五章

「不是叫你別去福利社嗎？」

這是石軒清醒後，我對他說的第一句話。

雖然我是非自願性的罪魁禍首，但我是不會坦率承認的。明明是自己做錯事，卻要明白點出受害者也有過錯，這是我苗小磚奉行的人生眞理之一，天曉得我靠這眞理脫了多少罪。

石軒平躺在保健室的病床上，雙眼惺忪地望著坐在一旁鐵椅上的我。

方才在福利社，石軒不僅被貨架給壓倒在地，還被我一屁股用力坐上腹部，當時他痛苦地悶哼一聲，在貨架下方昏厥過去。

之前那個和石軒在走廊上拉拉扯扯的高瘦男也在現場，他呆愣地盯著翻覆的貨架，嘴裡念念有辭。

我不曉得他是不是因爲驚嚇過度而產生異狀，我只是硬撐起處處發疼的身體，從地上爬起，勉強站穩後，像召喚小狗一樣，對著他喊道：「你，過來！」

其他跌倒的學生也跟著一一站起，還好大家都只是手腳上浮起大塊小塊的瘀青，看樣子應該沒人有什麼血液橫流的外傷，不幸中的大幸。

「你扶那一頭！」站在貨架左側的我，指著金屬貨架的右側，向驚慌失措的高瘦男下令：「跟我一起把貨架抬起來，快！」

高瘦男被我吼得全身一震，連忙點頭照做。

於是我們一人扶一邊，很快將貨架搬開。還好金屬貨架雖然看起來巨大，但重量並不算太沉，移動起來並不難。

移開貨架，我才發現原來倒臥在地的傷者竟是石軒，他雙眼緊閉，明顯已經失去了意識，可能是被貨架敲到頭了吧。

我要高瘦男過來一起同心協力架起陷入昏迷的石軒，飛快將他送到保健室。

該說是保健室阿姨敷衍呢，還是純粹淡定，她簡單診斷後，判定石軒沒什麼大礙，醒過來以後應該就會沒事，接著就交代我一些事。

「等一下那位同學醒來以後，問他會不會想吐，如果不會就不用太擔心。我現在要趕著去教一年級的護理課，本來要替我代班的老師臨時有事不能來，不然妳幫我代班好了，我再幫妳寫張公假條給妳的導師。啊！還有旁邊那個男生，對，就是你，來幫我搬器材好嗎？今天要上人工呼吸，教材太多了，我一個人搬不動。」

於是事情就演變成現在這樣——

高瘦男莫名其妙地變成保健室阿姨的助手，指著教材與保健室阿姨一同離開，而我則莫名其妙變成石軒的看護，甚至我還得代理保健室阿姨的職務。

麻煩。

眞是麻煩。

照常理來說，我這人只要遇上麻煩事就會毫不猶疑地逃開，就像校慶攤位的值班，我蹺得毫不遲疑。

可是，眼前的事更麻煩，我不僅沒有立刻逃開，竟然還覺得放心不下。

我靜靜守在石軒床邊等他醒來。我以爲石軒醒來後，我對他說的第一句話會是：「有沒有哪裡痛？」或是：「會想吐嗎？」

然而，眞正脫口而出的卻是：「不是叫你別去福利社嗎？」

我聽著自己的疾言厲聲，剎那間我明白了，我在擔心別人之前，總是先擔心自己；我怕被別人怪罪，所以總是先怪罪對方。

剛醒過來的石軒似乎沒有看穿這點，他半瞇著眼睛看向我，再使勁眨眼，似乎是想讓視線能夠快點對焦。

我聽見自己的語氣冰冷，再問了一遍：「不是叫你別去福利社嗎？」

我眞受不了自己。

儘管如此，我知道這次和過去不太一樣，這次多了些憂慮，一如母親對孩子不聽勸的行徑所做出的斥責。

石軒好看的嘴唇微微張開。

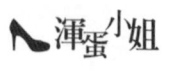

「對不起。」他一開口就立刻道歉，「因爲阿竹想吃兩個……」

「阿竹？」我抓住他話中的關鍵名字。

「阿竹……就是我剛剛下課要過去找妳的時候，突然在走廊上拉住我的那個人。」石軒嚥了嚥唾沫，讓聲音不那麼乾啞，「阿竹拜託我一起去福利社，我拒絕了，可是他一直盧，他說他眞的很餓、很想吃兩個肉包……」

「可是規定每人只能買一個限時肉包。」我猜測著，替他接話，「所以他就求你跟他一起去，這樣才能買兩個，對吧？」

他略顯疲憊地勾起唇角，「對。」

「那如果他求你陪他去死，你要不要也去一下好了？」我不假思索就講出這種傷人的話，語落的瞬間才驚覺自己好像在生什麼氣，刻薄得可怕。

石軒明顯呆住了，過了半晌，他才意味不明地以鼻息呼出短促的嗤笑。

「幹麼……這麼擔心我嗎？」石軒的眼睛稍稍瞇了瞇，神態如貓科動物般慵懶。

他緩緩抬起一隻手，有些粗糙的手指輕輕碰了碰我的臉頰。

「生氣也好可愛。」

聽見他的呢喃，我不禁也跟著嗤笑出聲。

「很有一套嘛。」

「嗯？」

「很懂得怎麼哄女生。」深吸了口飄散在空氣中的藥水味，我懶洋洋地撥了撥頭髮：「經驗豐富喔，這位先生。」

他聽了先是一愣，隨即咧嘴笑開。

「一年前妳也這麼說我。」石軒笑得眉目彎彎的，「怎麼，我看起來很像花花公子嗎？」

「只是覺得你很會。」

很會讓女生怒氣全消，很會讓女生怦然心動。

「很會什麼？」他問。

也不曉得是真不知道還是裝傻。

我想十之八九是裝傻，想套出我的話。

我才不上當。

悶哼一聲，我抓住他的手，把他的手掌攤開。

「再說下去，我就挖洞給自己跳了呢，花花公子。」我壓低音量，先以鼻尖磨蹭他溫熱的掌心，再將右臉輕輕貼上。

他鐵定曉得我是怎麼想他的，他露出飽含深意的笑。

氣氛有點微妙。

我闔上眼，他暖呼呼的手掌仍貼在我相對冰涼的臉頰上，我看見了預言畫面。

藉由觸碰——

慢慢睜開眼睛，我定定地迎上他的視線。

「小心網球。」我沒頭沒腦地說出這四個字。

石軒疑惑地眨了眨眼。

我將他溫暖的掌心從我頰上拿開，但仍輕抓著他的手腕，我承認我喜歡他身體傳來的熱度。

「上體育課的時候小心一點，不要被網球砸到。」我像在把玩著什麼玩具般，反覆揉捏他的手，頻頻叮嚀：「尤其要注意身後。」

石軒聽得一愣一愣，過了一會兒臉上才浮現恍然大悟的表情。

「妳……有超能力嗎？」他的語氣竟參雜著明顯的興奮。

這還是我第一次碰見這種反應。

我挺直背脊，望著他彷彿閃爍著星光的琥珀色眼睛。

「呃——算吧。」抿了抿嘴角，我僵硬地答道：「我從小就會預知。只要觸碰對方的肌膚，就可以看見對方未來的某個畫面。」

他聽了更加好奇，嘴角微翹：「每次觸碰都可以看見對方的未來嗎？」

「……不。」我坦承，「有時可以，有時沒辦法。」

「是喔。」石軒微微頷首，眼裡透出想要仔細推敲的興味，「會不會……會不會是只能預知重大事件？」

我聳了聳肩，「不知道。」

這可是大實話。

「難怪妳會叫我不要去福利社……」他自顧自地喃喃自語起來，忽然又像是想到什麼似地問道：「妳那時候就預知到我會被貨架砸傷，對不對？」

「呃，對。」我點點頭，說到這裡就讓我忍不住再次出聲提醒：「接下來，你會被網球砸到後腦勺，我剛剛預知到的。」

「體育課嗎……」

「嗯。」更用力地再點一次頭，我定睛看向他澄澈的雙眼，「在預知的畫面裡，你穿著體育服在球場上，不過具體是在哪一個場地我不清楚，背景有點模糊。」

石軒發亮的眼眸直視著我，被我捏在手裡的那隻手回握住我。

「好，我知道了。」他認眞地答應，神情嚴肅，竟絲毫沒有懷疑或猶豫，最後還補上一句：「妳眞的很善良欸。」

石軒原本的長相有點凶，尤其面無表情的時候會讓人覺得有些可怕，可是此時的他，臉上滿是溫柔的笑意，那簡直讓他從張牙舞爪的獅子搖身變成乖巧的小狗。

這是什麼反差萌?!

我有些怔然。

氣氛再次微妙。

我鬆開他的手，不再看著他。

「你從醒過來到現在，會不會想吐？有哪裡痛嗎？」我這時才想起，保健室阿姨交代我要問的問題。

等不到他的回話，我重新看向他，只見他笑著搖了搖頭，下一秒，他像是察覺了什麼，微微睜大了眼。

「妳……受傷了？」他頓時卸下所有笑意，臉色凝重地盯著我的手肘。

我翻過手臂一看，才發現自己右手肘滲著未乾的血。

啊，難怪滿痛的。

「剛剛被貨架弄傷的嗎？」石軒皺著眉頭。

瞧他那憂慮的模樣，我骨子裡的劣根性忍不住又冒出來了。

「是啊，還不都是爲了救你。」我裝出一副世紀大善人的姿態，「把你從貨架下救出來後，我還拖著隱隱作痛的身體，把你扛過來保健室……欸、欸，你幹麼！躺好啊！」

石軒突然就要翻身下床，我怕他先前暈眩的感覺尚未完全褪盡，連忙站起身將他壓回床上坐好，然而他似乎精神一下子來了，他仰頭定定地看了我一眼，雙手抓住我的雙臂又站了起來，反將我壓坐回鐵椅上。

「坐好。」

他語氣強硬地說，而我還真的乖乖端坐在椅子上。

沒辦法，他就長得一副凶神惡煞的樣子，有些時候，還真會讓人覺得若不依照他的指令行事，他就會突然暴起揍人。

石軒拉開圍繞在病床四周的其中一面屏風，將放有醫藥工具的鐵製推車推了進來，喀啦喀啦的輪聲迴盪在保健室裡。

拿著小鐵夾從推車上的鐵罐取出沾了酒精的棉花球，石軒蹲在我身前：「手，伸出來。」

對於這樣超展開的發展，我有些驚愕，但仍照做，他的左手抓著我右手腕輕輕扭轉，他的右手捏著夾子上的棉花球，在我手肘上的傷口忽輕忽重地塗塗抹抹。

出乎意料地體貼入微。

他非常專注於替我消毒，這讓我感到有趣，忍不住想揶揄他。

「就說嘛，你真的很會。」

聞言，他抬起頭，看不清情緒的眼眸盯著我瞧了半晌，才低下灼灼的目光。

「又不是對每個人都會。」

我聽見他含糊的聲音，像是把話嚼在嘴裡般，帶著點彆扭。

怎麼搞的？

竟然有點可愛。

而我好像……太尖銳了？

驚覺這點，我一下子收起本想繼續調侃他的打算，怔怔看著他認眞檢視我傷口的眉眼，以及他緊緊抿成一直線的唇瓣。

一股欲望在我心底滋生，蔓延，擴散——燃燒。

石軒將用畢的棉花球扔入垃圾桶，再從推車上拿起棉花棒，細心地沾滿優碘，爲我上藥。

氣氛更加微妙。

我雙眼微瞇，審視他每個動作與臉上神情，看上去的確沒什麼心機。

這樣的他，卻反而激起我起了其他念頭。

石軒替我貼上紗布後，把用完的藥品與透氣膠布一一歸位，沒多說什麼，就起身將鐵製推車推回原處。

「外面……有人嗎？」我問向屛風外的石軒。

「沒有，沒人。」石軒在外頭回答，「保健室阿姨不知道跑哪裡去了。」

內心的灼熱感如火苗搖曳，再多一絲絲微風助燃，就能燒起滿身大火。

「她去教高一護理課了，你朋友阿竹被她抓去當助手。」左手食指撫摸著貼在右手肘的紗布，我垂下眼睫，「印象中，護理課好像通常都連續兩節，對吧？」

「對。」石軒一邊回答，一邊走入屏風內，並順手將屏風闔上。

「所以這兩節課的時間，保健室阿姨托我代理，我得待在這裡。」我的嘴唇微彎

「嚴格說起來，我現在是保健室小姐喔——」

緩緩地從鐵椅上站起身，我走向石軒。

他左側眉毛高高挑起，看著我越貼越近。

「所以呢？保健室小姐，有何吩咐？」石軒雙手插在制服褲口袋，稍微彎下腰，附在我耳邊問。

站定在他面前，我伸手撥弄他金棕色的髮梢。

「病人該乖乖躺好。」我用氣音說話，露出微笑。

石軒稍微與我拉開一些距離，斜瞥過來的眼神帶著笑意，沒再多說些什麼，只是一臉高深莫測地走到床前躺下。

我走近床邊，鬆開馬尾，披散一頭濃密的長髮。

保健室只有我們兩個人，極度曖昧的狀態。

令人興奮。

滾燙的血液在血管裡沸騰，火苗一一燃起。

似乎有的玩了，就是不曉得會不會玩一玩就完了呢？

身體湧出曖昧的熱度，我跨上床鋪。

完了就完了吧。

刺激與放縱會帶來什麼樣的後果，我其實沒那麼在意。我只要在當下確實有享受到快樂就好。

滿足欲望就像塡飽肚子一樣，餓了就吃，有哪裡不對嗎？

我半趴在石軒身上，笑著吻上平躺在床上的石軒。

眼睛半開半闔，石軒專注親吻的模樣很可愛，他緊閉的眼窩深陷，濃眉微攏，鼻間的吐息急躁混濁。

我知道，他是深深了解親吻意義的人。

在唇齒糾纏的水澤聲中，他發出獅子般低沉的粗喘，那像是按下了我身體裡的某個開關，讓我想狠狠征服，想成爲馬戲團裡揮舞皮鞭的馴獸師。

我輕咬了咬他的下唇，他有些驚訝地弓起左側膝蓋，我順著他弓起的左腿，沿著他的大腿緩緩滑坐在他身上，最後停在不該坐的地方。

要是在這時擺動腰肢磨蹭，那就太不道德了，對吧？

我當然是不會這麼做的，這裡可是學校，要是眞做了，或許是我潛意識驅使？

啊，潛意識，這個小淘氣。

我及時制止自己再扭腰，但石軒似乎已完完全全將我的舉止看作挑釁，而確實他也問出口了。

「妳在挑戰我的極限嗎？」

我慢慢湊近他頸邊，深吸一口他身上特有的氣味。

依然如蜂蜜般可口。

誰叫他那麼可口，如果我因此而把道德先放在一旁也是很合理的，對吧。

「接受嗎？我的挑戰。」我笑著低問，又一個吻落在他泛紅的頸項。

石軒微微顫動，抓著我一個翻身，將我壓在身下。

我想那是他的回答。

我很感謝他沒把我的制服扯破。

一陣又一陣狂烈的翻雲覆雨，在保健室單薄的綠色不透明屏風內，我們享受逾矩的刺激。

三面環繞的屏風雖然沒有縫隙，但再怎麼說也無法隔音。

我咬住下唇，努力不讓自己發出任何聲音，偶爾瀕臨忍耐的極限，讓我在抓傷他的同時忍不住還是溢出低吟，以雙腿圈住他精壯的腰，覆在我身上的石軒像隻猛獸，聽見獵物低鳴便攻擊得更加猛烈。

沒有緩慢進入這回事。

我略長的指甲抓在他肩膀上，指尖一使力就掐進肉裡，他大概是感覺到疼痛，懲罰性質的吸吮落在我左邊頸側。

他像頭獅子般在我身上啃咬，依序在我肩頭、胸前、腹部、腿側，一一印上泛紅的吻痕……不，咬痕。

在我身上留下印記這件事，似乎讓他興致高昂，他琥珀色的眸子透出笑意，我的胸口漫起一股難以言明的搔癢感，在怎麼也抓不到的地方。

我攬住他溫熱的後頸，緩緩吻上他灼燙的唇。

唇瓣軟的讓我沉迷，反覆舔咬，像吃著美味的糖糕。

我不曉得此時此刻算不算得上是意義上的親吻。

我的腦子一片黏稠，伸手撫過他線條分明的結實身體——肩、胸、腹、再繞到背脊——指尖彷彿正在描繪著什麼，我放輕力道按壓彈點。

閉上眼睛，腦中浮現的只是他的臉龐與身體，這一刻，完全沒有浮現任何預知的未來畫面。

沒能看到任何關於我和他的未來畫面，我倒是絲毫不覺得遺憾，這更加讓我體認到我擁有的是現在，無關未來如何，我正熱烈擁抱的傢伙存在於我的現在。

石軒不會知道他不只塡滿我的身體，也塡滿了我的腦海。我想這種濫情的話，我是一輩子也說不出口的，也沒必要讓他知道。

我比較擅長以行動表示。

舌尖探入他的嘴，我表示得很清楚，而他也接收得很不客氣。他先輕咬我的下唇，再重啃我的唇珠。

接下來的發展可想而知。

我嚴重懷疑他眞的打算把我生吞入腹。

不知節制的野獸。

結束以後，我全身痠痛地趴在保健室的單人病床上，由於空間有限，那頭野獸就擠在我身旁，凶惡的五官此時看上去竟異常柔和，不過就他望著我的那眼神看來，更多的是傲氣與自豪。

我已經沒力氣吐槽了。

撐著昏昏欲睡的眼皮，我勉力看向掛在牆上的鐘，察覺下課鐘聲即將響起，我只好拖著疲憊癱軟的沉重身子，緩慢爬起，搖搖晃晃地側坐到床沿，開始穿上零散落在床鋪四周的內衣褲。

石軒見狀跟著爬了過來，替我撿拾皺得亂七八糟的衣裙，再替我一件件套在身上。搖搖欲墜的襯衫釦子、制服裙腰間的拉鏈，他也細心地替我扣上、拉妥，最後爲我繫上方才被他拋遠的黑色領結。

我將雙腿縮回床上，面向盤腿坐在床頭的石軒。

本來想向他道謝，但想想我的衣服全是他脫的，他替我穿上似乎也是天經地義，於是我改口：「快下課了，趕快穿衣服好嗎？」

他低頭望了望自己全裸的身體，又看向我，露出耍賴的笑容。

石軒湊近我耳邊，促狹地問：「不幫我穿嗎？」

我瞟他一眼，「不要。我好累。」語畢，直接倒臥在鋪著淺綠色床單的床上。

他朗聲大笑，俯身在我眼尾印上一吻。

「我愛妳。」他在我耳側低喃。

像情人一樣。

赤裸裸的三個字令我心臟一震，喉頭緊縮，我說不出半句回應。而石軒似乎不介意我的沉默，兀自一派悠閒地穿起自己的制服，發出衣料摩擦的細碎聲響。

等到石軒穿妥衣物後，我勉強定了定神，像是初次見面般重新打量他。

輪廓深刻的五官，高壯挺拔的身軀——或許九十二分給得太吝嗇了點。我歪了歪腦袋，翻身側躺在床，換個角度繼續打量石軒。

當他繫好黑色領帶，發現我正在打量著他，他笑了。

溫煦的，寵溺的——像對摯愛的女孩才會展露的笑臉。

我想問他爲什麼愛我？

愛我的肉體？還是愛我的放蕩？因爲我在性的方面很玩得開？因爲身體的契合？還是因爲其他的什麼？

我想不出答案。

我想問，但我終究沒有問。

我只是怔怔地望入他明亮的雙眼。

他依然笑著，緩緩地伸出手，輕輕爲我撥攏披散在頰上的黑髮，將髮絲勾到我的耳後，就像對待戀人般細緻溫柔。

戀人，情侶，情人。

每當想起這些詞彙，歐大瓦的形象便會清晰地在腦海中浮現，這已經成了我的魔咒，這次也不例外。

我明明眼裡有著石軒，心裡卻還是會想起歐大瓦。

坦白說，他們完全不像，無論長相或性格，對我來說都完全找不到共同點，他們是兩個截然不同的個體。

如果這一刻有人問我：「妳愛誰？」

我會毫不猶豫地回答：「我都愛。」

我是個不折不扣的渾蛋，我知道。

可是我沒辦法對自己說謊。

我愛歐大瓦，無庸置疑，而我愛石軒哪一點？

我會說，我愛石軒的氣味，愛他的體貼與笑容，愛他的面惡心善，愛他的正義感與天眞，我甚至愛他「愛我」這一點。

當然，我也愛與他的肢體交纏以及帶來的迷亂放縱，無可否認，非常愛。

我想這也沒什麼好奇怪的，人是一種追求感官快樂的動物，至少我是。

石軒給我前所未有的刺激感受，以及溫暖。

和他在一起時，我承認我很快樂，非常非常快樂。

但這不代表他比歐大瓦重要。

雖然我由衷盼望他能比歐大瓦更重要——總有一天，對我而言。

這幾年下來，我多希望能有個人出現，能威風凜凜地一腳將歐大瓦從我心目中那個無人可取代的位置上踢下去。

或許這就是我這些年來不斷尋求一段段戀愛的原因，男人一個一個換，交往也好，一夜情也好，我一直不放棄尋找。

現在，與石軒四目交對時，我心裡想著，如果我要找的就是眼前這個人，那就好了。

眞的，那就好了。

如此想著，如此期盼著，我伸出手，想觸碰近在眼前的他。

他笑著捉住我懸在半空的手掌，低頭吻上。

他會不會是那個能把歐大瓦從我心上踢下來的人？我不知道。

但我希望是。

眞的希望是。

第六章

我與石軒趕在下課鐘響前穿戴整齊，這個決定是對的。

「苗小磚，有人來擦藥了。」已經步出屏風外的石軒喚了我的名字，就在下課時間，他的語氣非常自然。

我推開薄薄的綠色不透明屏風，筆直地走向保健室牆邊的矮櫃，拿起保健室阿姨放在那裡的紀錄簿。

在兩位膝蓋受傷的三年級學姊面前，我沒有問石軒爲什麼會曉得我的姓名，我只擺出一副公事公辦的姿態，請那兩位學姊在簿子上簽寫姓名與學號。

替學姊們清理傷口並上藥後，貼紗布的工作就交給了石軒。

我不會說我不在意學姊們對石軒刻意的嬌嗲語氣，我不會說學姊猛打探石軒私人資訊對我來說不痛不癢，我不會說學姊擅自碰觸石軒的頭髮我無所謂。

我，很，在，意。

「學姊，藥擦好了。」在其中一個學姊正想觸碰石軒的髮梢時，我冷冷地插話：「回去請記得換藥，洗澡也要注意。學姊掰掰。」

對於我突兀的道別，學姊們呆了一下，兩人互望一眼，再一同對著我露出尷尬的微笑。

「不好意思喔，剛剛不知道他是妳男朋友。」其中一位綁辮子的學姊僵硬地向我道歉，隨即指向自己膝蓋上已處理好的傷口，笑道：「這個謝謝妳了。」

我垂下目光，盯著微微反光的地磚，點了點頭。

學姊們從黑色小圓椅上站起，緩步走出保健室，拖曳的步伐讓硬膠鞋底與地板之間摩擦出有些刺耳的聲響。

「不好意思喔，我不知道我是妳男朋友欸。」

石軒的聲音聽起來很惹人厭。

只見他已經收拾完藥水與紗布，正眼底含笑地盯著我瞧。

我不喜歡被人揶揄，那令我有種顏面盡失的頹敗感，這種時候，我不由自主地也會想讓讓對方一起頹敗到底。

不好意思，那是我苗小磚與生俱來的攻擊本能。

「我男朋友？你當然不是，以後也不會是。」

我語調帶刺，石軒的臉色頓時驟變，從原先志得意滿的笑臉，轉爲錯愕。

眞是精彩。

滿足於勝利滋味的我得意洋洋地繞過石軒，自顧自地將方才使用過的棉花棒與棉花球全扔入垃圾桶。

還沒來得及轉身，我就被石軒用力拽住了右臂，一路被他拖入屛風內，甩到方才滾過床單的單人病床上，隨即他健壯的身軀又跟著覆了上來。

「妳是什麼意思？妳有男朋友了嗎？是誰？」

我對於他怒氣沖沖的反應感到有趣。

「我現在是單身。」平躺在床上，我自己都覺得自己臉上的笑容很可惡，「但是不會跟你交往。」

我又看見他受傷的表情。

他半撐在我上方的臂膀微微抽動了下，凝視著我的眼神帶著落水狗的味道，可憐兮兮，眉頭深鎖。

好可愛。

我伸手撫上石軒溫熱的臉，才一碰到他，他便欺身咬上我的鼻尖，我的手停在半空中，轉而軟軟地落在床上。

我的鼻尖被他啃咬得有些發癢，我笑著撇開臉，閃避他的牙齒。

石軒還是那副懊惱至極的凝重神情。

「妳要跟我交往。」他語氣中帶著脅迫。

我盯著他那張霸氣十足的臉，忍不住笑開。

「爲什麼我要聽你的？」

石軒眉頭皺得更緊。

「我要妳聽我的。」

「爲什麼你要我聽你的我就要聽你的？」

我這宛若繞口令的回答，讓石軒的眉間皺得幾乎可以夾死任何一隻倒楣飛過的蚊子了。望著那深刻的紋路，我必須努力控制住伸手去探摸的衝動，不知怎地，耳邊彷彿突然響起方才這人叫喚我姓名時的低沉嗓音。

「對了，你爲什麼會知道我的名字？」

我也知道在這個時間點問這個問題，實在有那麼點莫名其妙，瞧石軒臉上那啼笑皆非的複雜神色就知道了，他一定認爲此時此刻我這個問題完全是天外飛來一筆，但沒辦法，我現在就是想知道答案。

「我知道你叫石軒。」我告訴他，「我透過我朋友才知道你的名字，你呢？你怎麼會知道我的名字？」

他俯視著我，琥珀色的眼睛一動不動，再給我幾分鐘，我就能數清他的睫毛有幾根了吧？

「昨天遇見妳之後，打聽到的。」他輕描淡寫地帶過。

那輕描淡寫之中是不是隱含著什麼？這激起我的興致。

「打聽……是嗎。」我勾起不懷好意的微笑，「那想必——你也打聽到許多關於我的事吧？」

「我不太明白妳指的是什麼。」他似乎有些摸不清頭緒。

我的雙手揪著他的襯衫衣領，將他拉近，下唇貼近他的耳側，索性說開：「我的私生活可是很亂的喔？你確定要我當你的女朋友？」

石軒渾身一僵，面無表情地地稍微撐起身子，與我拉開一些距離。

「這我倒沒有打聽到。」他看了看我，視線瞥向落在床尾那剛剛用過的保險套，「不過，看妳隨身攜帶保險套，也就大概明白了。」

我也跟著瞥過去一眼。

那是我隨身攜帶的最後一枚保險套。

望著那狼藉不堪的套子，我第一個想法竟是——啊，放學後要記得再去買。好像把套子當成需要囤貨的民生必需品一樣，對一個高中女學生來說，這確實有那麼點超出常理。

傷腦筋。

說到底，哪個男人會欣賞隨身攜帶套子的女人呢？

在一般人的眼中，我是個浪女。

在一般人的眼中，我絕對不是什麼好女孩。

我無法想像要是將我攤在社會道德的放大鏡下檢視，那將會是怎樣難堪的場面——

不，其實我想過。

若是哪天我做了什麼傷天害理的事，若是哪天我糜爛的生活被誰傳出去，那會遭到多少人的抨擊與責罵，我想過的。

都想過的。

這世界就是這樣雞婆，雞婆地愛給認識或不認識的人貼上標籤，然後肆意地犀利攻擊批評，不需一刀一槍，只要開口說幾句話，就能置對方於死地。

沒關係的，我只要關上耳朵，就安全了。

望著石軒，我伸手撫觸他色澤紅潤的左耳。

他不會關上耳朵的。

他也不必關上耳朵。

我看得出來他與我不同，他不是渾蛋，對於外界對他的評論，他完全可以安心聆聽，而對於我的評論——關於所有的一切、關於我——他，這個美好的傢伙應該有權利得知的眞實面向，我也不打算隱瞞。

即使這會嚇跑他，也無妨，他本來就不該把大好青春耗費在我這種人身上。

與其有一天讓他從別人口裡得知我是個什麼樣的人，還不如由我親口告訴他。

現在，立刻，馬上。

長痛不如短痛。

所以石軒，張開耳朵，聽好。

「你說經過了那一夜後，你就不斷再回到那間夜店找我，卻沒能再碰上我。知道原因是什麼嗎？」我聽見自己的語氣正經且殘酷，「那是因爲當我玩膩了一間夜店後，就會換另一間，所以你當然不會在我玩膩的夜店裡找到我。」

我的話裡意有所指。

「我就是這樣的人。玩膩了舊東西就會換新的，不斷重複著喜新厭舊的戀愛關係，基本上，我就是個無可救藥的人。」

我想我已經清楚傳達出我想傳達的意思。

他聽著並沒有太大的反應，只淡淡地勾起唇角，俯身親吻我。

柔軟的唇瓣，在我眉間輕輕壓上濕潤的觸感。

「無所謂，我不會讓妳玩膩的。」他的聲音此時竟有些聽不出情緒。

我以爲我剛才說得很清楚了。

「我上過很多人的床，是個你無法想像的、非常糟糕的人。」我皺著眉頭正色看向他，振振有詞地重申：「我將來也很可能繼續糟糕下去，究竟還會再上幾個人的床，連我自己都不知道喔。」

我想這次露骨的自剖，勢必能讓他理解眞實情況，正常人多半會立刻對我敬而遠之吧，孰料他聽了只是點了點頭。

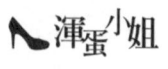

他的唇在我耳邊貼近，讓我能清楚聽見他接下來要說的話。

「沒關係，反正妳最後會是我的。」不知道他哪來的自信，他語氣堅定：「我確定就是要妳當我女朋友。夠明白嗎？」

我簡直無法動彈。

腦子幾乎鏽化，停止運轉。

「……為什麼？」我聽見自己以像是呼吸般細微的聲音發問。

石軒但笑不答。

保健室裡高高掛起的音響傳出上課鐘聲，提醒我第三堂課即將開始，護理課通常安排連續兩節，去高一班級上課的保健室阿姨自然也還不會回來，一想到這裡，我忽然察覺了些什麼。

看著依舊撐臥在我身體上方的石軒，我意識到現下彼此的姿勢很是微妙。

好，苗小磚，冷靜，歸納一下。

這堂課保健室阿姨仍然不會回來，這代表什麼？

對，接下來有將近一個小時，我和石軒會繼續單獨待在保健室裡，不被打擾。

在這段不被打擾的時間裡，石軒想做些什麼，完全可以從他撫摸我大腿的舉動略知一二。

石軒的手指輕觸我裙下的大腿肌膚，手指移動的方向並非露骨地往上，而是向下。

他以食指靈活勾住我黑色長襪的上緣，扣著鬆緊帶慢慢往下拉扯，最後褪去，往床下一扔。

我感覺到他指尖摩娑著我的小腿，有些麻麻癢癢。

空氣變得醉人微醺。

看樣子他又想做些什麼了。

啊，我知道了。

「我知道了。」我脫口而出，「你之所以要我、之所以說愛我，就是爲了滿足這個吧。」我想我應該有擺出看穿一切陰謀的得意笑臉吧。

石軒是爲了滿足欲望才接近我的，一定是這樣的，對嗎？

「對嗎？」我毫無羞恥心地繼續追問，「因爲我不像一般女生那麼矜持，因爲我容易上床，是不是？」

「不是。」

我沒想到他連想都不想就回答，斬釘截鐵地。

不是。

我才不相信呢。

我瞇著眼睛又問：「不然呢？」

我想我露出討人厭的樣子了吧，但石軒看上去並無厭惡的神色，只低低地笑著，我得承認，他的笑聲有那麼一瞬間讓我心中一動。

「確定要我現在說嗎？妳可能會沒心情聽喔。」他俯身貼近我左耳。

磁性的嗓音，說出甜膩且充滿暗示的句子，我注意到他右手的不安分。

石軒略微粗糙的手指在我裙下的大腿內側，像替貓順毛一般輕輕摸著，但隨著指尖漸漸往上，我禁不住敏感地弓起身子，低吟出聲。

「不喜歡我嗎？」石軒步步進逼。

我嚥了口唾沫，試圖忽略裙下火熱的挑逗。

開什麼玩笑，我當然——

「喜歡啊。」

我當然喜歡啊。我說出口，沒有遲疑。

我說過我不會欺騙自己，而現在，我也不打算欺騙石軒。

我苗小磚的優點並不多，只有對自己誠實這點，比較可取。我對於自己的心理或身體都很誠實。

趁著石軒專注於裙下的挑逗，我使勁全身力氣一把把他推開，我抓住石軒的肩頭將他推倒在床上，再以全身的力量將他壓在身下，順勢跨坐上他的腹部，他一臉愕然。

「我當然喜歡你，但我有更想要得到的獵物。」

「誰？」

僅僅一個字的問句由他嘴裡說出，竟顯得氣勢凌人，壓迫感十足。

儘管如此，我絲毫不感畏懼，反倒笑出聲來。

「爲保護當事人權益，你若是想要知道，就必須先支付保證金三萬元。」

「我怎麼覺得這是變相搶錢？」石軒反應極快，面無表情地盯著我，一副得不到答案就不會善罷甘休的樣子。

我又笑了，歪著頭，吻上他的臉。

一個不注意，又被他翻身壓在下頭。

他俯視著我，單手扯鬆他的黑色領帶，嘴角微揚，充滿勝劵在握的自信。

「沒關係，不管他是誰，我都會讓妳忘記他。」

彷彿對著那個看不見的敵人下戰帖般，他提早發布勝利宣言。

他到底哪來的自信？

我不自覺地跟著笑開。

伸出雙手，我一把攬上他的後頸，甜甜地對他說：

「那就麻煩你了。」

麻煩你，讓我忘了歐大瓦，只有一瞬間也好，讓我眼裡腦裡身體裡，全都不再存在那該死的詛咒。

讓我只看著你啊，石軒。

「讓我只想著你，你要是有辦法的話。」

我明明是想要拜託他的，語氣卻一不小心像挑釁一樣。

他單手捏住我的下巴，我清楚看見他眼底的蓄勢待發。

那一刻我知道，石軒注定會是塊死死黏在我牙齒上的糖。

嘿。

要是能因此解除我體內的詛咒，我或許並不會介意這塊糖的存在。

第七章

不介意吃糖不代表會隨著他繼續縱欲下去。老娘累死了。

當石軒試圖想勾起我的欲望來個第二回合時，我立刻扶住他寬厚的肩膀，被他褪去長襪的一隻腳弓起來抵住他結實的腹部。

「停。」我開口，「停下來。」

而他確實停下來了，臉湊到我眼前，笑嘻嘻地問：「不是要我讓妳只想著我嗎？」

「……你只能用這種方法讓我只想著你嗎？嗯？」我怎麼可能會就此認輸呢？

他倏地收起笑意，摸摸鼻子由我身上退開，一臉掃興。

我暗自竊笑，一面拾回被他扔得老遠的長襪穿上。

穿戴妥當後，我們同心協力將所有證據毀屍滅跡。

我吩咐石軒將床上的污漬以清水清洗一下再吹乾，而我則負責將套子沖入保健室旁的女廁馬桶。

沒有造成堵塞眞是萬幸。

保健室阿姨在第四節上課前回到保健室，石軒已經先行離開，只留我一人坐在面向門口的座位，笑著歡迎保健室阿姨歸來。

我向保健室阿姨報告有兩位學姊來擦過藥，她聽了便點點頭表示理解，隨即為我替她代班一事向我鄭重道謝，還說下次要請我吃飯。

我客套地表示很高興能幫上忙，並請她千萬別放在心上，最後再簡單道別。

我在第四節上課鐘響起時，踏進教室門口。

授課老師尚未抵達，班上同學還鬧哄哄一片，我注意到有幾位女同學向我投來關注的目光，我不予理會，逕自回到自己的座位上。

待我坐定後，雅森立刻轉過頭來看著我。

「歡迎回來，誘惑歐大瓦的戰果如何？」她塗著蜜桃色唇膏的唇勾勒出優雅的弧度。

我只是笑了笑，隨即從制服裙口袋，掏出一只粉紅色小藥盒。

雅森明白裡頭放著什麼樣的藥物。

她之所以會知道我的私生活有多麼糜爛，就是因為某一天恰巧被她撞見我正在吞嚥藥盒裡的事後避孕藥；現在回想起來，當時她問這是什麼藥，我居然就老老實實地回答了，我還真是沒有危機感。不過，幸好雅森不是什麼大嘴巴，至少我到目前為止還沒被師長約談過，證明雅森對此還滿睜一隻眼閉一隻眼的。

我掀開藥盒，捏出一顆事先分裝好的事後避孕藥放入嘴裡，再迅速抓起桌上的水壺喝下一口，讓白色的小藥丸滑下喉嚨。

雅森美麗的杏眼一下子透出興味盎然的光，「看樣子是戰況樂觀嘛，居然還連翹兩節課，是去哪裡野了啊？」

我連吞了兩口唾沫，確認藥丸已滑下喉嚨，才旋緊水壺蓋。

「保健室。」

簡潔回答後，我沒有望向雅森，只自顧著翻找抽屜裡的課本。

雅森大大抽了口氣，隨即咯咯笑了起來。

「很刺激嘛。眞沒想到，妳這麼快就和歐先生修成正果了？」

這時，我才緩緩看向她清秀的臉，「不是和歐先生，是和石先生。」

讓妳猜錯了，眞是抱歉。

「……Hello，我有聽錯什麼嗎？」只見她雙眼圓睜，笑容凝結在臉上。

於是我嘆了口氣，將一切經過告訴雅森，雅森連連點頭，沉默了幾秒，才問了我一句：「說到底，一開始就是妳去勾引人家石先生的，爲什麼要這樣？」

這叫我怎麼回答呢？

因爲天時地利人和，氣氛好，菜色好，我就吃了。

因爲提問的人是雅森，以這樣的理由敷衍帶過實在不太好。

我仔細思忖最根本的原因究竟是什麼。

想吃了他，為什麼？

因為不滿足，因為不快樂，因為——

「因為心情很糟。」

我壓低音量地坦言，終於將歷史課本從雜亂無章的抽屜裡抽出來。

「嗯哼——」

雅森發出意味不明的回應，引得我忍不住抬眼看向她，她一臉促狹。

「為什麼心情很糟？因為妳把福利社弄得天翻地覆？」她頭略略歪向一側，一頭柔順直髮垂落在她右側肩膀。

我被她的目光盯得有些煩躁，索性別開臉，望向窗外。

「不是，不是為了那種事情。」我一向誠實，「是因為歐大瓦。歐大瓦為了刁難我，要求我做了只有下僕才會做的事，重點是我還眞的做了，有點沮喪——不對，是難堪。」

是啊，雖然我很誠實，但有些事我還是不想讓雅森知道。

我沒說歐大瓦之所以使喚我去買肉包，是為了要讓我知難而退，不再纏著他與我約會。

我沒說。

不想說，說了只會顯得我更加難堪。

單手托腮，我嘆了一口氣。

「OK，我懂了。」雅森以指節敲了敲我的桌面，接著說下去：「因爲歐大瓦而難過，所以找石軒尋求開心。我有說錯什麼嗎？」

「……沒有。」

「那妳有聽出什麼重點嗎？」雅森緊迫盯人。

怎麼，想逼死我嗎？

我看向窗外，恰巧瞥見歷史老師的身影出現在走廊。

「雅森，轉回去。老師來了。」

我想我這句話，聽上去一定非常淡漠吧，大概挺討人厭的。

雅森看著我，什麼話都沒說，待老師步入教室後，她也嘆了口氣，勉強放過我，轉身坐正。

望著她披散著深褐色美麗長髮的背影，我回想她剛剛說過的話。

因爲歐大瓦而難過，所以找石軒尋求開心。

妳有聽出什麼重點嗎？

嘖。

眞希望我沒有聽出來。

🍸

午餐時間。

各班級負責抬餐桶的學生，紛紛成群結隊地前往校園附設的營養廚房領取飯菜。

再次站在歐大瓦他們班的後門，以目光搜索歐大瓦的身影。

終於，我看到了歐大瓦。

那一刻，我索性直接放聲大喊。

「歐大瓦！」

右手提著裝有肉包的紙袋，我的呼喊引來不少人的好奇觀注——也包括歐大瓦的。

坐在座位上的歐大瓦與我四目相接時，明顯愣了下，隨即將手上的水壺蓋緊放好，起身朝我小跑步而來。

「拿去。你的肉包。」

我將冷掉的、被擠壓到形狀怪異甚至爆餡的肉包，連同邊緣破爛的紙袋，遞到歐大瓦手上。

他低頭看了肉包一眼，又抬頭看著我。

「都已經要吃午餐了欸……」

對於他的喃喃碎唸，我當作沒聽見。

「記住，這個星期天，中午十二點，火車站集合。」我嚴肅地囑咐他，右手食指指著他手中殘破不堪的肉包，冷著聲音強調：「爲了買這顆肉包，差點害死老娘，星期天你如果敢放我鴿子，你就完蛋了。」

我想我應該是一副咬牙切齒的可怖姿態吧，瞧他面色蒼白、全身僵硬，約略可以想像他此刻心裡的惶恐不安。

我不再理會他，轉身離開。

其實我從很早以前就知道了，歐大瓦總是對我的情緒波動感到誠惶誠恐，這不是戀人之間該有的互動。有時候，我會覺得，歐大瓦是抱持著有些畏懼的態度，在與我相處。

一直以來，對於歐大瓦，我的姿態放得太高，很早以前我就意識到這點了，卻不願意爲了歐大瓦改變自己。

我想我必須愛他比愛自己多，才有辦法心甘情願這麼做。

如果兩人之間想要有更進一步發展，必須得要先有一方讓步改變，才能順利進行，這樣的情況是必然的嗎？

更重要的是，如果我與歐大瓦之間想要更進一步發展，竟然得是由我先讓步改變才有可能，這樣正常嗎？

眞要有人讓步改變的話，那人也不該是我。

懷抱這種想法的、無比自私的我，就是這麼個自私的渾蛋呢。

放學回到家，天色已呈現昏黃，夜幕即將降臨。

握著冰冷的鑰匙，我打開厚重的金屬門，踏進玄關，脫了鞋就朝屋內走去。

屋內沒有開燈，一片昏暗，我僅能藉由窗外射入的夕陽餘暉，看明白腳下散落一地的衣物。

雖然目前還沒看見任何人，但我有預感，循著腳邊東一件西一件的衣物，就能沿路找到脫下這些衣物與被脫下這些衣物的人。

果不其然，我在父親的臥房外聽見女人露骨的呻吟。房門半掩著，我能透過那條縫隙瞄見裡頭的人正上演活春宮。

聽這嬌吟，我研判正在父親房裡進行床上運動的女人，不是上次那一個。

眞是的，我還滿喜歡上次那一個。

輕嘆了口氣，我掉頭走向廚房，爲自己倒了杯冰牛奶，接著，一如既往地對這一切裝聾作啞，坐在客廳的沙發上打開電視。

我抿了口牛奶，將玻璃杯輕輕放在茶几上。

我不會去批評父親的生活，因爲我沒資格。

我只會裝作聽不見那些淫靡的聲音，盡量做到尊重。

我也從來不會排斥父親的每個交往對象，她們一個個都是聰明的女人，知道如果想要在父親身邊待得久些，就該與我打好關係，所以我樂得接受她們的笑顏相向，以及種種可愛的小禮物。

上一個女人是父親的秘書，上上一個則是父親公司裡的總機小姐，上上上一個……我就不記得了。

父親的私生活不比我單純。

我之所以放蕩，是因爲父親嗎？耳濡目染？我不會說出這種推卸責任的托詞。

我在夜店廝混，是爲了找到一個能替代歐大瓦在我心上位置的人，男人換了又換，這純粹是我的個人選擇，與父親無關，但我得承認，我放蕩而不知收斂，確實和父親的放任脫不了關係。

聽起來很糟糕，但說眞的，我由衷感謝父親的放任。

至少這些年來，我玩得很愉快。

於是我也希望父親玩得愉快，與每個美麗的女人邂逅，在得到滿足後分開，再與下一個美麗的女人邂逅——

父親開心，我就開心。

母親呢？

我無從得知她過得愉不愉快，我在國中畢業那年，與她正式失去聯繫。

在我國中一年級那年初秋，母親向父親提出離婚，原因是她外遇的對象表示希望能把她娶回家。父親得知消息時，表面上非常鎮定，但我曉得他內心有多麼不平靜。

母親離家出走那段期間，父親夜夜在他房內肆意摔破一個又一個玻璃杯，我清楚看見他內心的傷痛與崩毀。

或許，父親的價值觀就在那段時期歪斜了。

就在同一年秋末，父親正式在離婚協議書上簽字。

我的父親與母親，一瞬間變成毫無牽繫的男人與女人，真要說還有什麼牽繫，那就是我。

但這條薄弱的牽繫，終究不長久。

剛開始，母親會定期打電話給我，然而自從我升上國三後，不知怎地，母親來電的頻率逐漸降低，然後，母親再也沒有來過電話。

明明家用電話號碼從來沒有換過，地址也從來沒有更改過，我就住在這裡，我就待在原地，可是母親和舉家遷離的歐大瓦一樣，沒再捎來任何訊息。

所以我不敢主動打電話過去。

日子久了，我也怕再打電話過去反而會是一種唐突。

所以我明白了許多。

我明白過去再怎麼親近的人，一旦對方有了新生活，或有了新家庭要照顧，那麼我就不該再抱持著等待的心情，否則不僅造成自己的負擔，也很可能造成對方的困擾。

所以我不該卑微地等待，所以我該抬頭挺胸，過自己的生活。

離我遠去的人有了新生活，難道我沒辦法有嗎？

笑話。

我當然也有新生活，甚至在新生活裡，我找到了最容易獲得快樂的方法，而那方法剛好與父親相同。

所以我的放蕩不是父親的錯，我也絕不會認爲父親有錯。

我反覆按著遙控器，切換成靜音模式的電視，並不會打擾到父親臥房裡正上演的好戲。

在一片寧靜只有嬌喘低吟迴盪的空間裡，我昏昏欲睡，彷彿稍早在保健室與石軒運動過激的後座力席捲而來，眼皮沉重得令我不禁閉上眼，手上緩下了不斷切換台數的動作。

陷入昏睡以前，我滿腦子只有石軒的臉。

明明睡前我想著的人是石軒，我卻夢見歐大瓦。

夢裡的歐大瓦竟然變成身長不足十吋的迷你版小人，他蹲坐在我桌上的盤子裡，完全沒有任何一絲違和感。

一杯冰牛奶擺放在歐大瓦蹲坐著的瓷盤右側。

我伸手拿起冰牛奶喝了一口，又放回原位，靜靜地與盤子裡的歐大瓦對望。

半晌，我問出一句：「欸，我可以吃你嗎？」

只見盤內的歐大瓦搖了搖頭。

「不行。」他直截了當地回答，想都沒有想。

我愣了下，皺眉又問：「爲什麼？」

歐大瓦臉色平靜到近乎淡漠，沉默了幾秒才開口：「因爲妳不適合吃我，我也不適合被妳吃。」

「什麼意思？」我感到煩躁，「因爲我個性太強勢嗎？要是我改了，就可以了嗎？」

歐大瓦笑了。

「妳不會改的。」他笑咪咪地歪著頭，「妳不會想改的。」

我張嘴想為自己辯護，卻發現完全無話可說。

沒錯，在過往兩人的相處模式上，他一直，都是這麼仰著頭看我。

而我，卻也一直不願改變。

一覺醒來時，我身上多了條棕色毛毯。

父親坐在我旁邊，戴著眼鏡閱讀報紙，翻動報紙時發出窸窸窣窣的聲響。

我撐起身體坐正，父親的目光看了過來。

「醒了？不再多睡一會兒嗎？」身穿黑色T恤的父親摘掉厚重的眼鏡，溫和地笑著。

我搖了搖頭。

喉頭乾得發澀，猶如吞嚥了火焰般，燒灼難耐，我抓起睡前擺放在茶几上的牛奶大口飲下。冰涼的牛奶滑入喉嚨，稍微舒解了不適感。

我大口飲盡整杯牛奶，嚥下最後一口時，我想起方才的夢境。

夢裡，我也喝了牛奶。

牛奶溫潤的口感殘留在嘴裡，我的舌尖在嘴裡繞著，品嚐牛奶香醇的滋味。我不禁懊惱地想，早知道就喝慢點，才能更仔細地享受牛奶的美好。

我盡量不去深想除了牛奶以外的其他事情，是不是也是如此？

我總是急性子，能怎麼辦呢？

嘆了口氣，把空掉的玻璃杯放回茶几，環顧四周，窗外的天色已完全暗下，屋內似乎沒了那女人的蹤跡。

「爸，你的新對象呢？回家了？」

我淡淡地問著，語氣大概就跟問「爸，你的新衣服呢？退回店家了？」沒什麼兩樣。

父親放下報紙，伸手摸了摸我的頭。

「對，她回家了。」父親的笑聲略微低啞，「因爲這裡不是她的家，是我們的，所以她不在這裡了。放心。」

父親寬厚的手掌從我的頭上離開。

我望著他即便已屆熟齡卻仍不失俊俏的臉，被感染了笑意似地也勾起了唇角。

「我沒有擔心。」我再次搖頭，「如果你希望把哪個女人納入我們家，那也沒關係，你開心就好。」

父親咧開一嘴整齊的牙齒笑了，笑聲柔和，這時候，他總會半瞇起雙眼，眼尾略垂，眼角紋路深刻。

我看著父親的笑容，心裡卻還掛念著剛才那一場夢境。

是啊，父親開心就好，而確實他看上去是開心的，那我呢？

我是不是也能開心呢？

我也希望自己能開心啊，明明這麼簡單的願望，爲什麼我就是得不到？

爲什麼想吃的菜不能吃？如果吃不到，怎麼開心得起來？

我開始覺得煩躁，如同夢裡的我，煩躁地蹙起眉頭。

「爸，我問你，如果今天有一道菜，你很想吃很想吃，想吃很久了，但是卻一直吃不到，怎麼辦？」

語畢，我才緩緩看向父親的臉。

只見父親思索了下，才帶著笑意作出回應：「那道菜如果擺在別人桌上，那就搶過來。」

非常父親的回答呢，很像他的作風。

這麼思忖的同時，我猜想父親大概可以理解我爲什麼會問出這種問題，以及我問句裡所隱喻的意涵。

他都曉得，卻不戳破，也不做出任何令人厭煩的叨唸或挖探。對於所有的事情，他總是如此。眞好。

於是我放下顧慮，進一步追問：「那要是那道菜沒有擺在別人桌上呢？」

「那怎麼會吃不到？」

父親立刻反問我，我不由得一愣。

歪了歪頭，我想了想。

「嗯……這樣說好了。」我試著將問題的情境描述得更爲貼切，「你有一道非常想吃的菜，但要吃到那道菜，就必須付出很大的代價，基本上會是你不想付出的代價，那你會怎麼辦？」

父親聽了眉頭一皺。

「好奇怪。」他說出這樣的感想。

我也忍不住皺眉。

「哪裡奇怪？」

「就很奇怪啊。」

父親的表情很疑惑，一時之間，因爲無法確切傳達我的意思讓父親理解，我加倍感到煩躁，回話的口吻變得衝了點。

「就這麼一個簡單的問題，奇怪的點在哪裡？」

父親又笑了，溫和的笑聲很順耳。

「可以解決的問題都算不上是問題。」他說：「如果明明可以解決，卻不想付出代價去解決，那這個問題本身就不應該存在。」

我嘆息。

「爸，你好煩。」塌下肩膀，我翻了個白眼瞪向他，「就不能好好回答嗎？講具體一點啊。」

父親似乎意有所指地說：「那妳問具體一點啊。」他沒等我回話，左手便摘下眼鏡，右手拾起T恤下擺開始擦拭眼鏡，然後再把眼鏡戴回臉上。

具體一點啊……

我思考了下。

「嗯，這樣吧。」我重新問道：「你有一道很想吃的菜，但是如果想要成功吃進嘴裡的話，就必須先改變自己的個性，那你會怎麼做？」

父親推了下鏡框，右手放上沙發一側的布質扶手。

「我會選別道菜。」父親的語調平直，毫無起伏，他露出溫和依舊、卻難掩孤傲的笑容。

我揚了揚右眉，又問：「可是如果眞的很想很想吃那道菜呢？」

「那我會去找其他更想吃的菜，然後吃掉。」幾乎想都沒有想，父親如此回答，臉上的笑意未退，像說著什麼理所當然的事情。

我癟著嘴，沉吟道：「那……如果就是非那道菜不可呢？」

我挺起背脊，目光灼灼地看著父親。

父親怡然自得地笑著說：「如果真的非要吃到那道菜，那就不會有這一連串的問題了。」

他如是說著，令我又是一怔，驚覺談論到這裡就像鬼打牆一樣，又折回父親原本的那一句話——

如果明明可以解決，卻不想付出代價去解決，那這個問題本身就不應該存在。

如果真的非要吃到那道菜不可，那我這個問題本身就不應該存在。

我抿住嘴唇，別開臉，聽見父親又說：

「如果真的非那道菜不吃，妳怎麼會因為要改變自己就卻步了？」

我被他問得啞口無言。

第八章

和歐大瓦約會的那個星期天，從清晨就下起傾盆大雨，未曾停歇。

中午十二點，我堅持赴約，畢竟這是我期盼好久的約會。

抵達約定地點時，身上的粉色洋裝已被雨水浸得半濕，我站在火車站門邊的屋簷下，怔怔地望著眼前的暴雨，偶爾抬頭看幾眼那灰成一片彷彿蒙塵的天空。

像個呆子。

歐大瓦前來赴約的可能性，應該如同天氣下一秒立刻放晴那樣渺茫吧。

星期五中午拿肉包給歐大瓦時，只顧著威脅他一定要赴約，卻忘了跟他索要聯繫方式，那明明是我過去最希望得到的——他的新住址、新電話、手機門號，或者臉書、電子信箱、部落格等任何社群網頁帳號。

我一直都是那麼渴望得到所有關於他的蛛絲馬跡，任何一丁點有關歐大瓦的事，都能讓我心緒起伏。

可是，與他重逢後，我卻只是一股勁地追著他跑、逼迫他、壓制他、威脅他。

我在感情上真的很霸道吧，真是對不起。

我低頭看著自己因飽吸雨水而顯得沉重的粉紅裙襬，好狼狽。

特意整理的髮型也塌了，我索性將頭上的髮夾一一拆下，丟入左方的公共垃圾桶，再隨便抓了抓自己濕重的髮。

就在這時，我聽見那熟悉的叫喚聲。

「磚磚——磚磚！」

我轉過身，在人群中看到了歐大瓦。

只見遠處的歐大瓦抓著把紅色雨傘，嘴裡正喚著我的小名——那是只有他會喊的小名，那是他爲我而取的小名。

老實說，我從來不覺得「磚磚」這種像是甜美女孩的小名適合自己，從來不覺得，但因爲是歐大瓦取的，所以我喜歡——不，應該是說再怎麼不喜歡，我也會讓自己喜歡。

或許堅持不想爲了得到愛情而改變自己的我，在某些方面早就對歐大瓦妥協了，只是我從來沒發現罷了。

爸說的對，如果眞的非要吃到那道菜不可，那怎麼會因爲要改變自己而卻步呢？不可能的，如果想要的欲望那麼強烈，就一定會做出努力。

我或許早早就做出了努力。

而歐大瓦——

我望著不遠處慌慌張張的歐大瓦，他看上去壓根還沒發現我，依然像隻無頭蒼蠅般，站在熙熙攘攘的往來人群中叫喊著：「磚磚，磚磚，磚磚！」

他被大雨淋了個半身濕，與我一樣狼狽，短髮沾著雨水。

爲了我，他也做出了努力——縱使不是在我所盼望的戀愛方面。

也許我該放下身段才對，我該做出更多努力，讓他總有一天也會在我所盼望的方面，爲我做出努力。

這麼一想，我突然充滿信心。

我挺胸吸氣，露出微笑，筆直走向正瘋狂尋找我的歐大瓦。

「笨喔，在這裡啦。」我捉住他的左手臂，他隨即扭頭看了過來。

迎上我的目光，歐大瓦鬆了一大口氣，雙眉瞬間舒展開。

「還好。」他微笑。

他的臉上沾滿水珠，不曉得是雨還是汗，我忍不住伸手替他拂去，再將手指湊近鼻前聞了聞，還是分不出來。

「你說還好是什麼意思？」我看著他笑彎的眉眼。

聽我這麼一問，他加深了笑容。

「還好妳沒事啊。」歐大瓦也伸手摸摸我頭頂的髮，另一手則指向車站外，說道：

「外面雨下很大欸，交通超亂的，很危險。」

很危險。

他是那麼說的。國小時候的他也是這麼對我說的。

那時的他，總是爲我的安全滿懷擔憂，眉間皺得緊緊，對我叮嚀走路要小心、過馬路要看紅綠燈，就算眼前明明是綠燈，過馬路也要看看旁邊會不會有車子闖紅燈。因爲我沒辦法預知到自己的未來，當然也就無法得知自己會不會發生意外，所以——

所以妳要小心，要特別小心，外面有很多危險。

歐大瓦叮囑這句話的表情還那麼清晰，深深刻印在我的腦海裡。總是接受我叮嚀的歐大瓦，同時也叮嚀著我。

人是互相的動物。

如今我終於了解了許多許多。

我也露出微笑，低頭牽上他的右手，在來來往往的人潮裡，極爲真誠地說：

「謝謝你出現了。」

他的手明顯僵了下。

他錯愕地問：「什麼？」

我抬起臉看著他，「謝謝你來赴約，也謝謝你關心我。」

「……妳怪怪的欸。」

聽著歐大瓦的感想，我忍不住笑出聲，將他的手握得更緊一些。

牽手對於我和歐大瓦而言，並不是什麼特別的事。

小時候我們經常牽手。

從幼稚園走回家的路上，我們牽手；從家裡前往小學的路上，我們牽手；等候過馬路的時候，我們牽手；商店人多擁擠的時候，我們牽手；其中一人灰心喪志的時候，我們牽手；其中一人欣喜若狂的時候，我們牽手。

牽手對我們而言，就像兄弟姊妹間再稀鬆平常不過的一個舉動。我想歐大瓦對這個舉動的解讀是：關心、打氣、分享，以及安全感。

我自顧自地牽著歐大瓦的手，在車站角落找到一張空著的長椅，與他並肩坐下，等待外頭放晴。

斗大的雨點狠狠敲擊車站的屋簷，聽著那接連不斷的滴答聲，像是上面有誰持了把機關槍瘋狂向下掃射——滴答，滴答，滴滴答答答答。

我鬆開了握住歐大瓦的手，環顧四周。

一群又一群人潮從眼前匆忙走過，情侶、大學生、年輕媽媽……以及在媽媽懷中哇哇大叫的小寶寶，看到小寶寶我就想到石軒，眞是見鬼了。

我搖了搖腦袋，試圖讓自己專注於當下。

客觀來說，現在是個好機會，好極了。

我帶著滿臉笑意，將頭靠在歐大瓦的肩膀上。

我能感受到他頓時繃緊的肩頸，眼角餘光還瞥見他放在腿上的雙手微微震了下，乾淨的指甲因使力捏住自己的大腿而微微泛白。我伸手觸碰他僵硬的手指，只見他的指甲又更白了些。

「不、不要這樣啦，很怪欸……」他一下子支支吾吾起來。

我不記得他小時候有那麼忌諱和我之間的肢體接觸，或許這代表他已經漸漸意識到我是個女人了？我猜想著，嘴角的笑意更深。

我笑嘻嘻地問他。

「哪裡怪？」

「這樣子，太靠近了，很怪……」他回答的句子零零碎碎，「我們……又不是情侶……」

「不是情侶，剛剛也還是可以牽手，不是嗎？」

「那不一樣啊……」

「哪裡不一樣？」我的臉又湊近他一些。

歐大瓦白淨的眉心起了皺摺。

「現、現在這樣，就……太近了啊。」他的雙眼不自然地盯著正前方，死都不願看我一眼。「像現在這種姿勢，是情侶之間才可以……」

「那我們變成情侶就可以啦。」我不等他說完立刻接話，笑意不減。

歐大瓦的表情立刻變得凝重，唇間呼出一口深深嘆息。

我抬起靠在他肩上的腦袋，挺直了腰坐正。

歐大瓦終於肯看著我，他的眼神有些疲憊。

「妳到底為什麼要這麼執著？」

「因為我們天經地義、命中注定、自然而然應該在一起啊。」我毫不猶豫地侃侃而談，「你想想看，我們從小一起長大，我們非常了解彼此的個性跟喜好，跟這樣的對象交往不是很棒嗎？青梅竹馬本來就該在一起！」

我也不管自己說的有沒有道理，我懷著就算說謊欺騙自己也要說服歐大瓦的必死決心，滔滔不絕。

「歐大瓦，聽著，我們明明就超適合在一起的，怎麼會不適合？看名字也知道我們是天生一對！歐大瓦、苗小磚，再唸一遍，歐大瓦、苗小磚，怎麼樣？是不是天造地設！大與小，磚與瓦，超配！超適合！」

「那也只有名字適合啊……妳到底在說什麼，妳知道妳剛剛在幾分鐘之內就說了多少歪理嗎？」他臉上的表情不是我想看到的。

這叫我怎麼繼續往下說？

頓時，我喉頭緊縮，發不出聲音。

歪理？

曾經那個總是對我百依百順的歐大瓦，現在竟然說我苗小磚滿嘴歪理？曾經總是我說什麼就信什麼、我命令什麼就盡量服從照做的歐大瓦，竟然會反抗我了？

我既尷尬又錯愕。

「妳有沒有想過，妳其實只是不甘心。」他嘆了口氣，慢慢地說。

我感到心裡一陣發涼，喉頭又一次束緊，我艱難地吞嚥唾沫，半晌才從喉嚨裡擠出兩個字：「什麼？」

他沒有遲疑，又繼續開口。

「妳只是因爲國小畢業那天被我拒絕了，所以才不甘心，所以才非要跟我在一起。」他定定地望著我，非常有把握地說：「妳只是想雪恥。」

妳只是想雪恥。

我默念了一遍——我只是想雪恥？

只是想雪恥？

難道除了這種想法之外的一切，他都感受不到嗎？

因爲感受不到，所以就要否定它的存在嗎？

「太過分了！」我忍不住提高音量，由長椅上站起，低頭瞪著他，「才不是那樣子！你不相信我是眞心的嗎？」

我在人來人往的車站裡歇斯底里起來。

「你以爲我只是不甘心沒吃到你這道菜，所以這麼多年來才會一直堅持要吃？你以爲我眞的那麼無聊地浪費時間嗎？」

「呃，什麼菜……」歐大瓦被我吼得一愣一愣，「我聽不太懂……」

我沒想要解釋，只是瞪著他白皙的臉。

他的臉依然那麼秀氣，神態依然那麼無辜，嘴唇依然那麼紅潤，他的全部，依然不屬於我。

我依然吃不到這道菜。

到了最後——烏雲，終究沒有散去。

雨，終究沒有停。

下午一點半，我與歐大瓦分道揚鑣，理由是我暫時不想跟氣哭我的男人待在同一個空間裡，所以我叫他滾回家。

天上的雨還在下，臉上的雨，也還在下。

或許心裡的雨下得才大，我盡量不去想這一點。

我塌下肩膀，哭腫的眼睛望著烏雲密布的天空。

隔著車站的透明玻璃牆看向外頭，密集落下的雨絲越漸粗白，落下的速度之快，在馬路上砸出大朵大朵的水花。

我猛力吸了下鼻子，反覆以雙手手背抹著眼睛與臉頰，直至淚水全數抹去。

心情好差。

這時候，我的腦中浮現了誰，我已經不想多做解釋了，我也不想去探究爲何最近總是想起他，我只是反射性地由包包裡拿出手機，撥出他的號碼。

我被下蠱了是不是？

總之不管。

接通後，我劈頭就問了他人在哪裡。

「你在哪裡？」

「……啊？」

對方似乎午覺剛睡醒，嗓音還有點沙啞，他清了清喉嚨，意識似乎仍然不是很清楚，他語調柔軟地回答：「我在……我家啊。」

「你家在哪裡？」管他是半睡半醒還是意識不清，我強勢地問。

電話那頭鐵定聽出了我因爲哭泣而濃重的鼻音，他停頓了下，我也停頓了下。

最後，先開口的是他。

「……怎麼了？我去找妳。」

他說的是這一句話。

沉默過後的，他的第一句話，令我心臟揪得發燙。

噙住差點又要氾濫的淚，我抬頭望著天花板，喉嚨一再重複吞嚥動作，試圖吞掉哽咽的情緒。

「我問你什麼，你就回答什麼。」我一開口，就發現自己還是沒能隱藏住情緒，哭腔讓我破音在奇怪的地方。

電話那頭的石軒笑了，像是爲了特意排解我的傷心，也像單純逗弄性質的嘲笑。

「雨下這麼大，妳打算過來嗎？」他答非所問。

握緊手機，我望著車站外的傾盆大雨，毫無猶疑地應道：「對。」

「不怕我家裡有其他人?」

「你好囉唆。」我撇了撇嘴,「你再不說,以後我們就不用見面了。」

我慣性威脅著他,而他在電話那端嗤笑出聲,我分不出那是拿我沒輒的苦笑,還是嫌我幼稚所以嗤之以鼻。

我望著窗外,開始倒數:「三,二,一。」隨後掛斷電話。

手機屏幕顯示結束通話的字樣,我吁出一口氣,閉上眼睛。

我真受不了自己的強人所難,可是我控制不了自己,對不起。

對不起,我只是好想見到他,突然好想。

我只是希望他在我倒數三秒掛斷手機後能馬上打過來,溫柔地包容我的壞脾氣,再告訴我他家地址,然後說,永遠歡迎妳來。

對不起。

我是個任性又小孩子脾氣的渾蛋。

石軒當然沒有如我所期待的那樣馬上打來,說真的,我有那麼點小失落。

他終究不是小狗類型的男人,他是頭野獸。

野獸除了最原始的獵食欲望外，是不會有其他彎彎曲曲的思量存在的。倘若眞要說的話，那些彎彎曲曲的思量就是關於我會不會失落，或者我掛斷電話後會何去何從。

野獸不會思索也不會在乎這些吧，野獸只會在麻煩消失後繼續睡大頭覺，餓了再去獵食，再去思索去哪裡獵捕食物。

對他而言，我只是滿足欲望的食物罷了，我在期待什麼？

佇立在車站內，面向外頭雨勢浩大的迷濛街景，我將額頭抵靠在玻璃牆上。

我只是食物……嗎？

低頭看著自己腳上半濕不乾的娃娃鞋，我回想起石軒在保健室說過的話。

我愛妳。

令人渾身發顫的三個字，無可否認，他當時的語氣非常認眞，低聲呢喃著像在允諾什麼。

野獸在饜足以後，會這麼大費周章地安撫食物或對食物灌迷湯嗎？

我已經搞不清楚了。

扶著混沌的腦袋，我站直身，又在一旁的椅上坐了下來。

闔上雙眼，我握著毫無動靜的手機，昏沉沉地睡了過去。

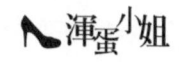

突地，手機在掌心裡震動了下。

迷迷糊糊地睜開眼睛，低頭一看，手機螢幕顯示收到簡訊的信息符號。

點開了收信夾。

來信人是石軒，簡訊內容是一串地址，附上詳細的地標與解說。

簡訊的最末端，他寫著：

雨停了，可以來了。

路上小心，我等妳。

我轉頭望出玻璃牆，果眞看見日光透出雲層，一塊塊烏雲已轉爲帶著淡淡灰色的雲絲，懸浮在天空緩慢移動。

伸手按上心口，我的嘴角高高揚起。

原本那些腐壞發臭的心情，全部消失殆盡。

心臟的跳動變得輕盈。

我深吸口氣，雨後微涼的空氣脹滿肺葉。

雨停了。

放晴了。

第九章

雨後天空灑下的明亮陽光，帶著點熱度，熨在我微微濕潤的皮膚上。

循著手機收到的住址，我徒步來到距離車站約兩條街的住宅區，這一區的住宅看上去都是在近十年新建的，並沒有特別老舊的房屋。

我右轉拐入一條雅致的小巷弄，抵達了石軒家。

四周沒有半個人影。

石軒家的房子帶點歐式風格，金屬雕花的大門內是一片綠草如茵以及高低錯落有致的美麗花叢，由大門延伸而入的是石頭鋪成的步道，如迎賓地毯般延展到房子正門口。

我摁了兩下門鈴。

沒人應門。

又摁了兩下。

還是沒人。

爲什麼？不是說會等我嗎？說這話的意思不就應該表示他會在家裡準備好隨時出來迎接我嗎？現在這是什麼意思？

我皺著眉，不死心地又摁了兩次。

沒半個人出來理我，現在是演哪齣？

「嘖。」

我咂嘴發出不滿的聲音，瞪著眼前紋風不動的雕花大門。

就在我煩躁地以右腳腳尖上下拍打地面時，忽然有人由後方環抱住我，我下意識地大聲尖叫，差點就要用力肘擊對方。

「是我，是我。」

由後方緊抱住我的傢伙嗓音很熟悉，同時我聞見蜂蜜揉合青草的氣味，身體一下子放鬆下來，停止掙扎與尖叫。

「不要嚇我。」我呼出一口大氣，轉身瞪向石軒，「這種登場方式很不妥。」

石軒的雙手雖然因我的轉身而稍微鬆開，但仍搭在我的雙肩上，我沒撥開他的手。我說過，我喜歡他的觸碰，喜歡他肌膚的溫度。

看著他的笑臉，我抿住唇瓣，一股油然而生的安心感令我鼻酸，腦子一熱，雙臂就主動抱了上去。

「喔！」他的聲音聽起來很驚愕。

我閉上眼，將臉深埋在他的肩窩，收緊抱在他腰間的雙手。

「爲什麼不在家？不是說要等我。」

他似乎沒感受到我滿腹不爽的情緒，低低笑了起來。

「妳好像小朋友喔。」石軒伸手搓了搓我散亂的頭髮，下巴輕輕抵上我的頭頂，笑道：「好可愛，我可以養妳嗎？現在就養。」

將我扣在懷中，他用臉頰輕輕磨蹭著我。

我扁了扁嘴：「不要說那些五四三，回答我。」

「喔喔，脾氣很大喔。」石軒又笑，「剛才我想說妳怎麼那麼久還沒出現，所以出來看看妳是不是在附近迷路了，結果繞回來就看到妳在這裡，心情很不好的樣子。」

我悶悶不樂地以鼻腔悶哼一聲，鬆開了手，但他那雙環在我肩上的手卻始終沒有想要鬆開的跡象，我只得繼續任由他抱著。

「沒錯，心情很差。」我悶悶不樂地抱怨，「最近討厭的事情太多了，心情很糟糕，常常很糟糕，今天也很糟糕……」

我知道自己這麼一股腦地像倒垃圾般說著這種話實在不好，我很清楚，但不是清楚就能克制得了。我的額頭抵在石軒胸前，有一下沒一下地前後撞向他的胸口。

我想撞醒自己，撞醒那個因爲小事就喪氣到哭的沒用的自己。我不想哭的，總覺得哭泣完全沒屁用，哭了以後歐大瓦就會喜歡上我嗎？別開玩笑了。

哭泣只會讓人軟弱。

說到底，我爲什麼要爲了我以外的人軟弱？想不透。

想不透。

又心知肚明。

繼續拿額頭撞向石軒的胸口，好不容易止住的淚潮又一次襲來，我嗚咽出聲。

「喂、欸！妳怎麼了？」石軒慌忙揪住我的雙臂，將我從他懷裡拉開了些，「妳到底怎麼了？今天發生什麼事？誰欺負妳嗎？」

我茫然地望向他擔憂的臉。

「沒有……沒有被欺負……」我抽抽噎噎地回應，頓時覺得自己好像是撲到鄰居大哥哥懷裡哭訴的小屁孩。

「那到底怎麼了？」石軒面色凝重，「在電話裡妳就哭了對吧？怎麼了？懷孕了？我的嗎？還是別人的？」

「你好煩——好煩！」我忍不住衝著他大叫，「不要動不動就聯想到我大肚子好不好！超煩的！超煩！」

「喔……」石軒又一次露出落水狗般的失意神情，微微塌下寬大的肩膀，濃眉也垂下了些。

我怔怔地看著他，思緒不知飄到哪兒去，感到前所未有的寧靜，不知怎地，心情意外好了許多。

情緒平復的速度快到令我暗暗訝異，然而好不容易平復的心跳卻又在石軒趁我不備低頭吻上我的唇時，猛烈地疾急跳動。

我有些錯愕，不太理解他上一秒明明還處在可憐兮兮的落水狗模式，爲何這一秒就能突襲我。

他的臉色看上去非常正經，沒有笑意，應該不是打算想惡作劇。

「爲什麼這時候親我？」我納悶地問。

只見他嚥了口唾沫，別開眼。

「因爲妳剛剛……雖然在看我，可是好像又沒有在看我。」

啊，這是什麼意思？

我想我應該是一副摸不著頭緒的白痴表情，否則他不會在這時候笑出來。

「眉頭皺太緊了吧。」他指著我糾結的表情，嚴肅的神色緩和下來，「聽不懂我的意思嗎？」

「對，不懂。」我搖了搖頭，胡亂抹去臉上殘留的淚痕。

石軒抬起粗糙的手指替我理順頰邊亂翹的髮。

「妳想著別人的時候，我會讓妳想著我；妳沒有看著我的時候，我會讓妳看著我。」說完自信滿滿的一席話後，他突然湊近臉，像是在分享秘密似地，繼續笑咪咪地低聲說：「實驗結果發現，親一下的效果很好喔？」

我會意過來，瞪了他一眼，卻忍不住勾起嘴角。

他露出正中下懷的笑臉，又摸了摸我的頭髮

「話說回來，妳爲什麼心情不好？」

石軒雙手插在牛仔長褲的口袋，微彎著腰靠向我，看著他貼近的臉龐，我斂下笑意，吶吶地垂下視線。

連日以來，心情糟透的原因只有一個——我抓不住最想抓的獵物。

我抓不住歐大瓦，我從來就沒辦法抓住他。

我握緊垂落在大腿邊的雙拳，深深吸氣，抬頭迎向他的眼睛。

「最大的獵物，沒抓住……」

我聽見自己微弱的聲音，但願其中的顫抖沒那麼明顯。

石軒聽了並沒有直接的反應。他是個聰明的人，雖然我剛說的話乍聽之下有些沒頭沒腦，但他肯定立刻就會聯想起我們日前在保健室的對話。

「不喜歡我嗎？」

「喜歡啊。但我有更想得到的獵物。」

石軒此刻的臉色，與當時的臉色相仿，不過這次他情緒管理的功力進步了，他很快恢復平時悠哉的模樣，又掛起一抹高深莫測的微笑。

我不明白他的笑容代表什麼意思，當我正想開口問他時，他猛然將我攬入懷中。

我錯愕地睜大眼，「喂，你又幹什麼……」

「我倒是抓得很好。」

「什麼？」我一愣，想掙開他太過緊牢的擁抱，卻反被他扣得更緊。

我聽見他湊在我耳邊，低聲說：「我的獵物，我倒是抓得很好。」

霎時間，我感到胸口某一處彷彿隨著他的話而陷落。

他收緊環抱在我腰間的雙手，笑聲低沉：「而且抓得很緊喔。」

「……」

我是他的獵物？

我到底做了些什麼？

「我說過，不會再讓妳逃走了。」他吻了吻我的左耳。

這一刻我才驚覺——我把自己送上門了呢，還心甘情願的。

我禁不住嗤笑出聲。

我不僅是失敗的獵人，還是個沒長腦的獵物。

石軒家裡沒人，說是他母親半夜工作結束才會歸來。

因為只有我和石軒兩個人單獨相處一室，不小心又放縱了，抱歉。

剛踏入石軒家時，石軒見我一身衣物半濕不乾，加上我渾身發冷微微打顫，就勸我在他家浴室沖個熱水澡。

於是我照做了，身子確實暖和許多。

石軒從門縫遞給我屬於他的寬大衣物，據他說法是家裡只有他和他媽兩個人而已，沒有其他姊妹之類的年輕女性。聽到這裡，我就猜想，言下之意就是他不好意思拿母親的衣服借我穿，沒想到他下一句是——

「但我想看妳穿我的衣服，所以不給妳穿我媽的。」

這個變態。

我差點就要罵人，但聽見他在浴室門外大笑的聲音，我不禁也揚起唇角。

要比變態的話，難道我會輸嗎？

於是我當真穿上了他的衣服，只有衣服，那件寬大的灰色運動褲我索性就不穿了，讓穿在我身上明顯過長的白色上衣遮住該遮的，僅此而已。

我走出蒸氣騰騰的浴室，大方接受他上下打量的視線。

見他收起笑容雙眼圓睜的模樣，我忍不住咧嘴一笑。

「怎麼，不是想看我穿你的『衣服』嗎？」我加重衣服這兩個字的咬字，刻意放慢腳步走向石軒，最後迎面伸臂攬上他的肩。

石軒這才回過神，低頭瞥了我過寬的領口一眼，嘴角浮起曖昧的笑，低頭吻上我的眼角頰畔，最後輕輕落在我的唇上，正當我以為這隻野獸竟變得溫柔起來的時候，他突然猛咬了我一口，讓我不知怎地大笑不止。

我也不曉得自己在開心什麼，只是肆意地笑著，明明是我想要蓄意挑逗石軒，我卻自己笑得像白痴一樣。

我沒注意石軒是不是也笑了，只下意識地收緊圈在他後頸的雙手，用臉蹭了蹭他的臉頰。

防備在鬆懈。

我想我確實是個缺乏危機意識的蠢獵物也不一定。但管他的，人生苦短，苦的事情太多了，把握當下的快樂最重要，這是我的處世原則之一。

我深深吸了口氣，鼻腔灌滿他身上的氣味。

我喜歡這個人，被他就這麼吃掉也無所謂。

闔上眼，我感受到他的手臂攬住我的腰，臉埋入我披散在肩上的髮，發出低沉的喘息——蠢蠢欲動。

他到底還是隻野獸，才不是單純聽我哭訴的鄰居大哥哥類型。

他會哄我破涕為笑，但他可不是單純好心經營慈善事業，這我知道。

我輕輕啃咬他的耳珠，再舔上他的頸側，略微苦澀的味道在舌尖綻開，我持續舔舐的動作，最後被他一把打橫抱起。

身體突然離開地面，嚇了我一跳。

我倒抽口氣，連忙抓緊他的襯衫，瞄見他盈滿欲望的笑容，最直接、最原始的企圖在他深沉的眼中顯得格外耀眼。

顯得撩撥。

顯得勾引。

更顯得我無力招架。

石軒的臥房充滿他的氣味，就男生來說，他的房間稱得上整齊。

我留意了一下，發現房內並沒有任何女性相關用品，這更加確定了他和我是不同類型的人。

對此我鬆了口氣，至於爲什麼鬆了口氣，我盡量不去深思。

占有欲是很要不得的。

無論如何，抓緊當下的快樂，才是重點。

我躺在石軒房間裡的床上，透過由窗簾縫隙射入的微弱光線，盯著天花板發怔。

渾身酸痛，四肢沉重。

那隻野獸看上去心滿意足，湊在我身旁低笑，他吻上我的額。

「心情有沒有好一點？」

石軒沒有等我回答，又問：「要不要一起洗澡？心情會更好喔。」

我看出他眼神裡的促狹，他話裡暗示著在浴室還會有其他戲碼。

怎麼，想累死我嗎？

我忍不住翻了個白眼。

「自己去洗。」以冷淡的語氣回絕，我轉過身背向他，「我好累，現在不想動。」

他似乎也沒覺得掃興，竊竊低笑，在我後肩吻上一口。

我聽見他下床走向房內附設浴室的步伐聲響起，然後浴室傳來蓮蓬頭水柱的嘩啦嘩啦聲。

他真的自己去洗澡了，就某方面來說，他還滿聽話的。我如是思忖著。

突然覺得有點冷，我拉緊棉被裹住自己赤裸的身體。

床邊不遠處的短櫃上有台電視，我取過床頭櫃上的遙控器，順手打開電視，畫面跳出的是新聞頻道。

我跪坐於床沿，一手抓著身上的被子，裸露在外的肩頸有些涼，但我被電視新聞吸去了全部注意力，就這麼盯著電視動也不動。

新聞畫面裡的天空異常紅豔，那不是經過特殊處理的影像效果，那是貨眞價實的紅色天空，記者說，那是颱風來臨前的異象，明明是夜晚，天空卻出現橘紅的光暈，高空雲變得像著火般絢麗。

望著那片酡紅的天際線，我感到一陣暈眩，好美好美。

好安心。

「嘿，在看什麼？」石軒從浴室裡走出來。

他頭髮濕漉漉的，還滴著水，全身只穿著條深紅色寬鬆短褲，露出健壯的上半身，脖子上則掛著一條白色毛巾。

他也不管自己身上還帶著水氣，逕自爬上床，雙手從背後抱住我的肩，緊緊地挨著我。

「看新聞。」我頓了下才開口，「說是颱風要來了。」

「是嗎？」石軒湊到我耳邊，呢喃低語。

他在我頸邊深吸了口氣，如同野獸嗅聞著獵物，我忍不住側過臉，也偷偷嗅了他一口，鼻尖恰巧貼上了他柔軟的嘴。

這個人對我而言，或許就是那片火紅的天際。

我說過，心情不好的時候，我會做些讓自己開心的事情來麻痺痛苦，像是抬頭看看天空。

最近每當我像現在這樣待在石軒的身邊時，彷彿我就像是在仰望著天空，總是可以讓我躁動的情緒緩和平靜下來。

所以不管石軒是怎麼看待我的，我都心甘情願地待在他身邊，並且由衷感到開心，不過，在另一方面，或許也能理解成是我利用了他，利用他來排遣我的傷心。

無論怎麼樣，我需要這個人，這一點千眞萬確，我不會欺騙自己。

我告訴自己：如果需要石軒，那就擁抱他吧。

鬆開抓著棉被的手，我轉過身一把抱緊他。

看吧，好暖，好安心，根本不需要棉被。

半晌，我終於抬頭看向他，發現他正愣愣地望著我不著一物的身體，察覺到我的視線後，石軒露出不懷好意的笑容。

那一刻我才驚覺——颱風，眞的要來了。

不。

應該說是，又要來了。

第十章

對石軒這個人的印象，該怎麼形容？

身材高壯，琥珀色的眸子，短髮染成金棕色，髮質偏硬，不笑的時候臉看起來很凶，習慣用高高在上的態度來掩蓋內心的不安或彆扭，以及擁有用之不竭的精力。

經歷第二波如颱風般猛烈的床上運動，我全身癱軟，連一根手指都提不起來。

石軒好像在我耳邊輕輕說了什麼，我隨便回了個：「嗯……」

接著便聽見他笑了，他摸摸我凌亂的髮，翻身下床，朦朧中，我看見他隨便套了件黑色長褲就走出臥室。

不知道他要做什麼，也沒力氣去知道。

我閉上眼，立刻昏睡了過去。

好像夢見了和他的初次相遇。

夜店中，七彩的雷射燈閃爍不止，電音聲巨大到似乎連身體內的器官都微微震動著，我坐在兩位大叔對面，中間橫著一張傾倒在地上的圓桌。

那是我刻意撞倒的，原本放在桌上的飲料全被我這一撞打翻，塑膠杯在地上滾動著，被搖擺跳舞的人群踢來踏去。

「眞的很抱歉，我不是故意的。」以懺悔的姿態說著謊話，我端坐在兩位大叔面前，頭略低下，「那些飲料多少錢……我、我賠給你們。」

裝出一副羔羊遇上惡煞的表情，我瞄向他們一眼，隨即低下臉，做出坐立難安的小動作，舉凡揉捏手指、雙膝併攏著微幅蹭動、斂低的眼神左右游移，以上我全做了。

我能感受到坐在對面那兩位大叔對我投來打量的目光，我知道他們不是什麼正派人士，不適合以硬碰硬的方式應對。

「飲料喔。」其中一位大叔出聲：「如果美眉妳肯陪陪我們，飲料就不用賠了，怎麼樣？」

聽著那令人作嘔的提議，我皺了皺眉，但仍在抬頭時擺出柔弱無依的表情。

「要……陪陪你們？」

我以怯懦的聲音問，他們不約而同露出讓人嫌惡的笑臉，點了點頭。

「對啊，陪我們跳個舞，再出去吃個宵夜，隨便逛一逛，然後就送妳回家，好嗎？」坐在對面左側、眼尾長了顆痣的大叔提議，又指著夜店女廁的方向，笑道：「還有一位小妹妹會跟我們一起去玩喔。」

我意思意思看了女廁一眼，假裝不安地又扭了扭身體。

「那個……她、她跟你們認識……對不對？」我試探地問，依然保持怯生生的語氣，「我、我這樣會打擾到你們吧，我這麼一個外人……而且，我很不擅長跟其他女生相處……」

他們先是對望一眼，隨即互相使了個眼色，再一同看向我。

眼尾長痣的大叔向我笑道：「那好吧，我們改天再邀請她，今天妳就放心跟我們一起去玩。」

我歪了歪頭，「這樣好嗎……你們不是先跟她約好了……」拖長尾音，我朝女廁望去，正好看見他們說的那個「小妹妹」由廁所走來。

小妹妹看上去應該有二十歲以上，似乎頗爲成熟，但或者只是妝容太厚，無論如何她的裝扮與她的實際年齡嚴重不符，像是三十歲女人才適合的打扮，在她身上自然顯得違和，姑且不論長相，整體來說算是NG。

那不是我和她第一次碰面，但從她的眼神研判，我想她沒有認出我。

她看到我坐在她的位子上，表情明顯不悅。

那兩位大叔簡單幾句話就把她打發走，她倒是很乾脆地轉身離開，看都不看我一眼。

「這樣眞的好嗎……」我縮著肩膀，擔憂地看向她遠去的身影，右手食指指尖輕點在下唇，刻意裝出內疚的樣子：「她會不會生氣……」

兩位大叔連忙安撫我，盡說些：「不會啦，怎麼可能。」、「下次遇到還會約她的啦。」、「妳不要擔心，今天就跟我們好好玩啊。」諸如此類的蹩腳台詞，完全就是不安好心的油腔滑調。

我故意做出思考的神情，過了一分鐘後，才像是終於下定決心似地重重點了點頭。

「好吧。」我露出微笑，「那我去上個廁所，順便補妝，等一下就回來。」

「啊，好啊。」其中一位大叔對我比了個「等妳喔」的手槍手勢。

我憋住想吐槽的衝動，比了同樣的手勢回去，再硬擠出一個盡量甜美的笑容。

但願沒有太假。

一走進女廁，我立刻四處張望有沒有可以讓我脫逃的後門，結果悲催地發現連扇氣窗都沒有。

我咂了下嘴，站在洗手台前，怒瞪鏡子裡的自己。

渾蛋，我眞是沒事找事。

狠狠磨了磨牙，我雙手環胸，來回踱步，試圖冷靜下來，想想下一步該怎麼辦。

就在我焦慮地開始啃咬指甲時，女廁門口傳來一聲叫喚。

「喂！妳！」

我迅速轉過身，看見來人就站在門口。

那是個個頭很高的男孩，琥珀色的眼睛澄澈有神，他是石軒，但那時，我只知道他是道不錯的菜，至少賣相優良，估計至少九十二分以上。

我歪著頭，疑惑地指著自己，「你在叫我嗎？」

「對，叫妳。」

當時還素未謀面的石軒竟那樣回答，讓我納悶地連眨了幾下眼。

有什麼事嗎？我現在很忙，忙著煩惱怎麼開溜，可以的話請等我有空再說好嗎？心裡這麼想著的我，真正脫口而出的只有第一句：「有什麼事嗎？」

石軒笑了笑，以好聽的嗓音反問：「是不是被纏上了？」

我一愣，頓時理解原來這人有留意到我方才的狀況，所以特意過來關切。

我盯著站在女廁門邊的石軒，心想也許這人是個解套的好工具也說不定。心念一動，我馬上裝出一副落難弱女子的姿態，垂著肩膀，哭喪著臉。

「對……我被兩個大叔纏住了。他們……他們一直要我跟他們出去逛逛，我覺得好可怕……可是又不敢直接拒絕他們，總覺得會被打……」我刻意以欲哭又止的哽咽聲音說著這些話。

「我知道了。」石軒擺出英雄的架勢，信誓旦旦，「交給我吧。」

我怯怯地說：「真的嗎……你願意幫我？」

只見石軒一本正經地頷首，簡單向我說明他的計策。

石軒扮演前來夜店抓妹妹回家的哥哥，我便是那個一直乖巧卻難得叛逆的妹妹。劇本大致就這樣，詳細劇情我們即興演出，走一個free style的路線。

於是戲一開演，石軒就硬抓著我的手腕將我拖出女廁，我掙扎大叫：「不要這樣啦！拜託——放開我啦！哥！放開我！」

石軒將我一步步拖向夜店門口，如此舉動自然引來眾人關切。

拖行還沒幾步，方才那兩位大叔就上鉤了。

「欸、欸欸，這是在做什麼！」眼尾長痣的大叔一手揪住石軒的黑色大衣，另一隻手指向裝出驚慌失措表情的我，大聲說道：「這位小姐是跟我們一起的！你在做什麼！」

石軒以輕蔑的眼神掠過他一眼，「我是她哥，你覺得我在做什麼？」

只見那兩位大叔明顯愣了下。

石軒趁勢追擊：「什麼叫做她是跟你們在一起？她還未成年，你們知不知道？」

「呃，這個……」眼尾長痣的大叔支吾起來。

我抓了抓石軒的衣袖，眼神寫滿哀求，柔聲喚著：「哥——」

「妳閉嘴。」石軒非常配合地瞪了過來，天生帶點凶相的臉讓他看上去非常有威嚴，他把哥哥護衛妹妹該有的氣勢演繹得出神入化，他的語氣帶著風雨欲來的壓迫感，「要解釋，回家給妳解釋個夠。」

語畢，石軒又冷冷看向那兩位大叔。

「如果你們不反對，我想現在就帶她回家，我爸媽非常擔心她。」

石軒刻意擺出禮貌卻明顯怒火中燒的態度，臉上寫滿了「老子不爽，最好別跟我囉哩叭唆」的威脅情緒。

這時我十分配合地低下臉，做出既歉疚又感到難堪的反應，牙齒輕咬住下唇。

「好……好的。」

那兩位大叔唯唯諾諾，語氣極其尷尬。

接著石軒二話不說，拽著我繼續往夜店門口移動。我假裝不情不願地走一步停一步，在眾目睽睽下，我縮起肩膀低著頭，恰如其分地表現出年輕少女被家人強行帶回家的難堪。

我在這間夜店大約只廝混過三個夜晚，所以現場沒什麼熟面孔，自然也不會有人來戳破這場戲碼。

我暗暗鬆了口氣。

只是，從此勢必得改去其他夜店了，在這間夜店經歷過這種事，以後還能有什麼搞頭？我可不想被大家認定是乖乖牌硬來湊熱鬧。

如此思忖著，我稍微抬頭瞄了瞄四周。

周圍醉醺醺的男男女女已不再將注意力放在我與石軒身上，各自繼續談笑風生，拿著酒瓶隨音樂搖擺。

我側過臉，偷偷觀察那兩位大叔，只見他們正悻悻然地往吧檯走，似乎是想點酒，或是找尋下一個搭訕對象。

確認我們已經走到那兩位大叔無法看到的角落處，我反手抓住石軒的大衣袖口，使力將石軒拉進夜店角落的雅座。

那是前一次過來喝酒時坐過的雙人座位，迷你包廂的形式非常隱密。

我將滿臉愕然的石軒按到椅子上坐好，再笑嘻嘻地坐上石軒的大腿。

「眞的很感謝你幫我耶……你人眞好。」

雙手搭上他的肩，我除了道謝，還將額頭抵上他的。

「我該怎麼報答你呢？」

我緩緩扭動著腰臀，由於正坐在他大腿根部，隨著扭動而摩擦的部位是有那麼點兒童不宜。

我能感受到他下方的變化。

那一刻，石軒看上去有三分意外，七分疑惑。他大概非常納悶怎麼方才還躲在女廁裡怯怯懦懦的女孩，轉眼間竟變得如此主動放蕩。

抱歉，這才是眞正的我呢。

望著他英挺的臉，我滿腦子只想占據這人的夜晚，像是胃部升起一股無止盡的空虛，迫切地想抓他來塡滿。

以鼻尖磨蹭了下他的臉，我不斷做出各種小動作進行逗弄。

他別開眼，雙手自然垂下，硬是擺出一副正人君子的姿態，更激起我的興致。我加重半惡作劇性質的引誘，扭腰摩娑，就在那個瞬間，他好像忍耐到了極限，鼻腔溢出氣息紊亂的粗喘。

溫度略高的唇，擦過我的嘴。

隨著柔軟觸感傳來的氣味香甜，像是蜂蜜揉合了青草味。我想問男人怎會有如此誘人的清香，但我沒有空。

扶著他寬厚的雙肩，我側著臉，吻上他泛紅的右耳，蠶食般地輕輕啃咬。

我能感受他輕微的顫動，他低沉的吐息散落在我頰邊凌亂的髮間。我闔上眼，隻手探入他襯衫的後領，細細撫摸他背上結痂的疤。

他放輕力道撥開垂落在我頸邊的長髮，身體前傾，在我頸項印上一吻。

那一夜，我剛滿十六歲，卻不是第一次脫軌。

十六歲的女孩不該面對面坐在男人的大腿上，不該在這種深夜逗留夜店，不該明明沒有醉，還肆意對陌生男人做出各種挑逗。

不好意思，我全做了。

巨大的電音震耳，周遭狂歡叫囂，許多打扮裸露的女人貼著經驗老到的男人旋轉熱舞，閃爍的雷射燈光隨著音樂節奏一明一滅。

酒氣醺人，菸味瀰漫。

我不是夜店小姐或酒店妹，我只是喜歡這裡。狂亂的氛圍，有助於麻痺討人厭的現實，再放大踰越道德的愉悅。

從夜店移動到汽車旅館，其實用不上幾分鐘。

當夜的最後，我們肩並肩步行。

路途上，絲絲有些涼意襲來，他脫下身上的黑色大衣，披在我的肩膀。我怔怔地拉了拉掛在我肩頭上的衣料，抬頭望向他。

「不要著涼了。」

他是那麼說的。低沉溫潤的嗓音，令我笑開，也令我想哭。

那一年，我年僅十六。

那一年，我不懂的事情太多，懂的事情也太多。

踏入汽車旅館門口，印象中我們並沒有任何彆扭，我想這在他的世界裡應該是件稀鬆平常的事，那時我當真是那麼想的。

鬆了口氣。

我可不希望吃到黏牙的糖。

不管怎麼樣，那一夜，我過得很甜。

他選了很不錯的房間。

我們一前一後上了二樓，踏入燈光昏黃的空間後，他第一件事不是脫光我，而是開暖氣，好像真的很怕我會感冒一樣。

我忍不住嗤笑，隨而踮腳吻上。

攬著他散發熱氣的後頸，我的吻落在他的唇上；而他唇間的猛烈回應宛如獅子進食，步步進逼，很快掌握住情勢。

說真的，接吻之際，我麻痺得很快樂，那些痛苦與失落都被我丟在腦後。

雙手捧著他溫暖的臉，我將他清楚地望入眼裡，像是種烙印。我不會偷換概念或把他想像成某個誰，我只會告訴自己，此時此刻我就愛這傢伙，此時此刻我就要吃掉這傢伙，下一秒或下一分鐘會怎麼樣根本無所謂，更何況明日太陽升起的時候，會發生什事，誰又能知道呢？

我只會愛一夜。

我以爲他也是。

啊，現在回想起來，我糜爛的青春或許就是在那裡走歪的吧。

我蜷縮在石軒的被窩裡，起初還有些半夢半醒，迷迷濛濛地奮力將眼睛撐開一條細縫，終於在瞥見窗簾透入一絲橙黃暮色時，徹底清醒過來。

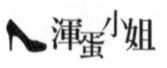

雖然已經過了一年，那一夜的情景卻仍在我腦袋裡，如同心事未了的幽魂般不肯散去，方才的夢境停在不乾不脆的地方。

我記得在汽車旅館的房間裡，他撫摸著我捲曲的長髮，像過去的歐大瓦一樣，說我髮質真好，軟軟的，問我是不是從來沒有染過。

我笑笑地點頭，以同樣輕柔的力道，撫摸垂落在他眉眼間的金棕色瀏海。

「很漂亮。」他的笑聲低沉。

記憶裡的他不吝於讚美，不禁讓當時的我猜測——不，不只猜測，當時的我幾乎就是直接認定他在男女之事上很有經驗，才會如此懂得切中把妹要點，估計應該年紀比我大上至少三到五歲，手段高明。

當時我如此下了定論。

當時我並不想招惹麻煩人物，既然我已經把他定位在成熟的心機男，那麼勢必最好除了一夜情之外，別再有更多瓜葛。

對，聽出重點了嗎？還是要一夜情。

原諒我，當時我真的餓了。

他似乎也餓得不輕。

石軒的手指順著我頰邊的碎髮，輕撓撓地摸上我耳後，再緩緩滑下。

一點點微癢。

我能感受他指尖掠過的肌膚敏感了起來，我縮了縮肩膀。

他微笑著低下頭，鼻尖湊入我肩上披散的髮，在我髮上落下一吻，又一吻——最終，他拉低我的衣領，吻在我裸露的肩頭，像頭準備開動的獅子，舔了一舔。

溫熱潮濕的觸感在我肩上散開，我不由得感到全身緊繃，血液倒流。

「眞的可以嗎？」他湊在我耳邊低問。

我斜瞥了他一眼，一時之間不太了解他問句的涵義。

「眞的可以，給我嗎？」他又問了一句。

腦袋鈍鈍的，由於盈滿慾望而意識有些渙散，我微歪著頭，仍然摸不清頭緒，於是我問：「給你什麼？」

「妳。」

石軒的回答讓我一愣。

這不是理所當然的事嗎？早就默許了，不是嗎？

給你一夜我的身體，都到這種地方了，還需要再問我？

我本來不懂，但望著他極度認眞的眼神，我才恍然大悟，這傢伙要的不只是我的身體而已。霎時之間，我竟有些慌了。

卻心慌得很刺激。

刺激得很有趣。

有多久沒心跳加速了？想不起來。重拾悸動的感覺太美好，當時的我為了這點而感到愉悅。

我緩緩笑開，雙手將他攬得更緊。

「嗯，可以呀。」

我擠出甜美的嗓音回應，心裡卻想著，可以才怪啊，笨蛋。

笨蛋。

我苗小磚說的話能信？

別傻了。

在心底冷笑著。那時我雙手扯上他的領口，踮腳吻上他半張的嘴。

玩個遊戲而已，認眞個屁。

滿心愉悅的渾蛋的我，啃著他柔軟的唇瓣，下一秒就被他摟住腰間，直接抱起。

「呃？等等！」

我大聲尖笑著，但他沒有理會，仍緊緊抱著我，走向那張加大型的床。

雙腳騰空的我抓不到重心，索性將雙腿圈上石軒的腰間。

「很可怕欸！放我下來！」嘴裡雖然說害怕，聲音裡卻是嬌嗔的笑。我雙手死命抱著他的脖子，他好像笑了，鼻腔呼出短促的鼻息。

我被他溫柔地放上床，他欺身湊近我的臉，我露出等待下一步的誘惑笑容。

石軒輕輕吻向我的額，再吻我的鼻，最後吻住我的嘴。

放開我雙唇的那一秒，他說話了。

「我愛妳。」

低沉溫潤的嗓音敲擊著我的耳膜，重敲，我差點喘不過氣。

我愛妳。

對，他當年那一夜就那麼說過了。

他說著，我愛妳，接著又吻上我由於驚愕而半張的唇。

我以爲那三個如誓言般慎重的字，對男人而言是不能輕易說出口的，我以爲那是只能在將要共度一生的對象面前說的，所以我被嚇得不輕。

更堅定了之後絕對要落跑的念頭。

印象中，那一夜激情過後我壓根沒睡，我躺在旅館的床上假裝熟睡，對石軒的叫喚完全不應答，只是閉著雙眼，吐息均勻。

過沒多久，石軒在床的另一側睡著了，傳出深沉的鼻息聲。我不敢馬上行動，於是又多等了幾小時，待窗外的天光漸亮才躡手躡腳地爬下床。

我收拾完自己散落的物品，靜悄悄地穿妥衣物，正要準備離開房間時，驚覺自己身上的錢都在夜店裡喝酒喝光了，而且為了避免當時的男友光煜一時興起查勤，我特地把手機放在家裡，也無法連絡親友前來接我。

我心念一動，撿起石軒落在床邊地毯上的長褲，從他的口袋找出皮夾，抽出兩張百元鈔票。

原諒我，我只是想搭車回家。

放下他的長褲與皮夾，我對著躺在床上熟睡的他，深深一鞠躬。

接著，毫不猶豫地轉身就跑。

只是當時怎麼也沒想到，跑著跑著，過了一年後，竟又跑到他床上來了。

現在，我望著石軒房內的天花板，回想起過去的一切，不禁感觸良多地笑了笑。

從床上坐起身，我稍稍整理了一下自己散亂的捲髮。

石軒寬大的白色T恤落在床尾，我隨手抓過來重新套上，長度剛好給我當極短的連身裙。

我知道要怎麼樣穿才能提高男人對我的好感度，要說我心機深重也無所謂，在這世界上，要是不懂得利用情勢或任何外在裝飾來突顯自己的優點，那麼轉瞬間就有可能被別人給踢下去。

我閉上突然感覺到一絲酸澀的眼睛，搖了搖頭。

怎麼，我已經開始擔心自己被踢下這張床了嗎？

不妙。

我雙手抱住自己發燙的頰。

就在此刻，我聽見臥房外傳來腳步聲。

我猛地朝門口望去，只見石軒單肩靠在房門上，身上穿著黑色長褲，還繫上一件連身黑色圍裙。

這是什麼情況？角色扮演？

我還來不及問他爲什麼穿得那麼可口，他就搶先出聲。

「醒來很久了？」

我愣了下，搖搖頭，「剛醒沒多久。」

石軒笑瞇了眼，上揚的眼尾讓他的笑眼像是兩道飛揚的弧線，我怔怔望著，好想伸手摸向那雙眼睛，而我還眞下意識地朝他伸出了右手。

他注意到我怪異的舉動，眼底有一絲疑問，「怎麼了？」

「過來。」我小聲地使喚他。

石軒澄澈的雙眼眨了兩下，非常聽話地走到床邊，彎腰湊近我的臉。

他似乎以爲我要吻他，他闔上眼，滿臉笑意擺出接吻的預備姿勢。

我奮力憋住笑聲，以右手食指輕輕拂過他緊閉的左眼。薄薄的眼皮隨著我手指劃過的路徑，微微顫動，我感到一陣莫名的滿足，又有點不滿足，索性又伸出左手，輕撫他色澤紅潤的右眼皮。

「在幹麼啊？」石軒笑著問，在我指尖移開後，緩緩睜開雙眼。

「沒什麼，只是想摸。」我什麼也沒多想，就這麼脫口而出。

我誠實的發言好像讓他彆扭了起來，只見他全身一震，隨即有些僵硬地別開臉。

「不……不是誰想摸就可以摸的，算妳幸運。」石軒臉色緊繃地說出這般高傲的話。

我忍不住咧開無聲的笑容。

大概是疑惑以我這種不肯認輸的個性，竟然沒回嘴，他瞄過來一眼，見我正竊笑地盯著他，他又撇過臉，俯身將我一把扛在肩上。

「天啊！欸！」一陣天旋地轉，我驚叫出聲，「欸，你在做什麼啦！喂！」

我得說，僅穿著一件單薄T恤，實在不適合被人扛在肩上。

我雙手緊抓著他的臂膀與圍裙肩帶，尖聲大叫：「放我下來！放我下來啊！蠢蛋！」

我懸空的雙腿不斷來回踢擺，膝蓋好像撞到他的肋骨還是哪裡，我隱約聽見他吃痛地悶哼一聲。

「乖一點，不要亂動！」他拉高音量，大概是想壓過我的尖叫聲。

我才不鳥他。

「你到底要幹麼！」我繼續掙扎，一把抓上他後腦勺的髮，「要帶我去哪裡！」

「吃飯！」他大聲回應，「去飯廳吃飯！配合一點，可以嗎！」

「……」

我閉上嘴，也停下反抗的扭動，任由他扛著我走出臥房。

下樓梯時，我才察覺他身上傳來淡淡的飯菜香，混雜在清新的蜂蜜與青草味之間，我不禁咯咯笑開。

「笑什麼啊。」扛著我的石軒問道，語氣還是那麼僵硬。

「你在害羞。」我含著笑意，刻意以戳破秘密般的語調調侃他，「我發現了喔，你害羞的時候言行都會變得很怪異。」

「什麼？」

「裝傻也沒用。」我嘻嘻笑著，故意再說一遍，「每次害羞的時候，你都會有一些怪怪的舉動，我看出來了喔。」

「……才沒有。」他以極度低沉的聲音反駁。

低沉的太誇張，反而可疑。

我忍不住又笑，因爲被他扛著，稍稍伸手就可觸及他結實的臀部，瞧那下樓梯時一震一震的屁股，完全就是我該要鎖定的攻擊目標，於是便惡劣地重重拍下。

「喂！變態！」

石軒渾身抽直，在我腿上輕捏了一把。

「哇，我要告你性騷擾。」說出這種顚倒是非的話，我的心情分外愉快，聲音裡的笑意簡直要氾濫成災了。

石軒也笑了，到了一樓的餐廳後，石軒才將我輕輕放下，轉瞬我就被他擁入懷裡。

這個人，眞的很喜歡抱抱耶。

第十一章

坐在飯廳內的木頭餐椅上，我掃視桌上一盤盤冒著蒸騰熱氣的菜餚。

「這些，全都是你做的嗎？」我的聲音帶著掩藏不住的驚訝。

戴著隔熱手套將爐子上的熱湯捧過來，石軒點了點頭，眼神透出「怎麼樣？很了不起吧？新好男人吧？」的驕傲感。

我刻意看向瓦斯爐，「有關火嗎？」

「有啦。」石軒回答得很理所當然，「不要小看我好不好，平常家裡都是我在煮飯的欸。」順便強調他有多擅長家事。

我托著腮，饒富興味地打趣他，「這麼厲害？」

「還好啦。」石軒的笑臉隱隱帶著暗爽的情緒，宛若小男孩如願得到大人的稱讚。單純的要命。

我低下臉偷笑，抓起桌上的碗筷，兀自吃了起來。

石軒將湯鍋放上餐桌，脫下隔熱手套便坐到了桌子另一頭。

「怎樣？好吃嗎？」他的眼睛在日光燈下閃閃發光。

我咀嚼著嘴裡的高麗菜與香菇，又扒口飯。

「一般般啦。」

聽了我的回答，他臉上的笑意頓失，面無表情地以死魚眼瞪我。

「幹麼？就眞的味道普通啊，不特別難吃，也不特別好吃。」我不由自主地又補了他一刀，「你媽也吃你煮的東西嗎？」。

「對啊，我媽半夜回來，會微波我煮的東西當宵夜。」

「那你媽沒有嫌你做的菜不夠鹹嗎？」

「……好像有。」石軒僵著臉，握著筷子的手懸在半空一動也不動，想了下才說：「可是我覺得吃太鹹不好，對身體不好。」

「拜託，人生苦短，不用想那麼多啦。」

「爲什麼？」

「什麼爲什麼？」

「爲什麼會那樣想啊，我搞不懂。」石軒夾了一塊糖醋雞丁塞入嘴裡，一面咀嚼，一面含糊地開口：「人生明明就很漫長啊，還有很多該做的、想做的事情，不是嗎？」

我漫不經心地問：「比如呢？」

他停頓了幾秒，睜大眼睛，似乎很驚訝我竟然這麼回答。

怎樣啦，我就是想不到，不行喔？我撇撇嘴。

我的人生截至目前爲止，是挺沒有目標的，眞要說有什麼目標，那就是歐大瓦。

小時候的目標是獨占歐大瓦，和歐大瓦在一起；歐大瓦搬家後，則是找到歐大瓦。隨著時間過去，我以爲我再也找不到歐大瓦時，就立志要找到比歐大瓦更能讓我心動的人。至於現在，則是要成功攻陷歐大瓦。

應該是這樣的吧，我想。

是不是很可笑？

像這樣無窮盡地追逐歐大瓦，卻一直未能完成目標，讓我的人生一點也不好玩，但就像卡到陰一樣，明知不好玩，我還是逃離不開。

詛咒嘛，對，這不是詛咒是什麼呢？

我扁了扁嘴。

半晌，石軒才接話：「比如說，找到好工作、找到好對象、結婚、生小孩——這些都很棒啊！都是很不得了的事情不是嗎？」

他慷慨激昂地說著，引得我忍不住看向他。

啊，果然，又是那張單純熱情的臉，彷彿他的人生前方眞的存在著那些美好的事物。眞羨慕啊。

我微微笑了，居然贊同地點頭，「說得也是。」

看著他那副興奮的樣子，一瞬間讓我眞心覺得他所相信的一切，好像眞的很棒。

所以稀里糊塗地，我就跟著笑了。

「所以啊。」石軒嚥下嘴裡的食物，笑咪咪地以筷子尖端指著我說：「所以我覺得我們應該要在一起，從現在開始，好好交往。」

我像被雷打到，笑容僵在臉上。

「蛤？」

「蛤什麼。」石軒一臉似笑非笑，「妳想要抓的獵物跑了不是嗎？該放棄了吧，那還有什麼問題嗎？」

「不……不是……」我不甘心地咕噥著：「才沒有跑掉啊，我只是……暫時沒有抓到，還沒有用對方法……」

「打算要用多少時間研究？」

「……什麼意思？」

「意思是，打算要用多少時間去研究什麼才是對的方法啊？」石軒笑了笑，目光銳利地看著我：「妳不會跟我說要花一生時間去抓一隻永遠都不願意臣服於妳的獵物吧？妳看起來沒這麼蠢啊。」

我抿緊了唇，感到相當不服氣。

「那你又是怎麼回事？」

「我？我怎樣了？」

「對，就是你。」我瞪著他，擺出刻薄的姿態，「我聽說，跟你告白的女生都被你拒絕了，原因是什麼呢？拒絕的原因竟然是，你說你是要當爸爸的人。怎麼，要不是我們在校慶巧遇，你打算一輩子因爲那一夜而不接受其他女生嗎？眞是荒謬可笑，你看起來沒這麼蠢啊。」

他完全愣住了，一手捧碗、一手舉筷的姿勢停格不動，半晌才猛然笑出聲來。

「對喔，說得也對喔。」石軒竟然露出天眞的笑容，恍然大悟般，笑著笑著又喃喃自語：「那我大概可以理解妳白痴的點了。」

聽起來還是那麼令人不爽呢，雖然我根本不懂他這句話的意思。

我蹙眉嘆了一口氣，索性不管他，夾了一筷子菜塞進嘴裡。

「不過，沒關係。」石軒突然止住笑，語氣輕鬆愉快地開口：「反正妳那邊絕對沒戲啦。」

「什麼？」

「因爲妳是我的啊。」他朗聲笑開，「不管以後發生什麼事，妳最後都會是我的。」

我不禁停下咀嚼的動作，眉間又緩緩蹙起。

「你到底哪來的自信？」

「不知道。」他嘻皮笑臉地吃了口白飯，聳了聳肩，輕描淡寫地回答：「我媽生給我的？」

「……那你媽眞的讓我滿困擾的。」

聽了我無奈的回應，他又笑了，嚥下嘴裡的米飯，興致高昂地繼續說：「而且妳也說過的吧，妳說過妳喜歡我，不是嗎？」

我盯著他笑彎的眉眼，頓時覺得他就像坐在巷口猛搖尾巴的大型犬，正抖著舌頭仰望著我，渴望我會丟肉骨頭過去。

讓我好想逗弄他。

我勾起唇角，右手托腮，裝傻地反問：「有嗎？」

「有啊！在保健室啊！」石軒的語氣帶著一絲受傷的怒氣。

看著他的反應，我心情大好，又裝出一本正經的臉，語氣平淡地說：「我不記得了。」

他鐵定看出我根本就是蓄意逗弄他，只見他沉下臉來。

「……說妳喜歡我，現在。」石軒神色嚴肅，對我下令：「說妳喜歡我。」

「你喜歡我。」

「……嘖，老梗！」

「那你就不要叫我說啊，奇怪。」我挑起右眉，笑著又扒了口飯。

這樣的互動是不是有種情侶間老夫老妻的感覺呢？我不禁這樣想。

眼角餘光瞥見對面的石軒塌下肩膀，我聽見他嘆息的聲音。

「算了，反正我自己很清楚……妳說過。」

聽著那滿含怨氣的嘟囔，我笑著吃下糖醋雞丁與蔥爆牛肉，雖然味道是淡了點，吃久了也挺順口的。

對呀，我是說過喜歡石軒。

當時的我沒有說謊，現在的我也沒有反悔。不過，不管我是怎麼想的，我想他根本不會理會，他只相信他所想要相信的。

愚蠢的野獸。

嘴角不自覺翹得更高，我放下飯碗，拿起湯碗打算盛湯。這時，對面那愚蠢的野獸半站起身，伸手接過了我手中的湯碗。

我在他動作的引導下鬆開了碗，讓他替我舀湯。

我有點受寵若驚。

「呃，我自己來就可以了……我是說，謝謝。」

聽到我及時轉彎改口，他看著鍋內晃盪的湯湯水水，露出溫和的微笑。

「其實是因爲一年前，妳說過妳可以把妳給我。」石軒依然沒有望向我，他盯著湯鍋內的水波，手裡繼續舀湯，「所以我一直……一直有種我已經得到妳的感覺，我一直以爲，也許我在妳心裡雖然目前分量不及別人，卻也是個特別的存在。所以，就算事隔一年，就算妳還是掛念別人，我還是想相信最後我會把妳抓到手。」

語畢，他終於與我四目相接。

我強迫自己擠出微笑：「你自信的很恐怖耶。」

「因爲我很愛妳啊。」他笑了。

又來了，都不會害羞的。

總是理所當然地說著愛我，很愛我，到底爲了什麼愛我呢？爲什麼？

「爲什麼？」我納悶地問：「到底爲什麼會愛我？你說過不是因爲我在性方面很玩得開，所以，到底是爲什麼？我完全想不透。」想了一下，我又補上兩個字強調：「完全。」

「因爲妳很善良啊。」他的眼睛笑成一彎月牙，「一年前，妳救了那個女生，不是嗎？」

我一時反應不過來。

「什麼？」

「我全部都看到嘍。」他神祕兮兮地笑著，將盛好的湯碗放到我面前，「那天，妳替那個女孩擋下被下藥的飲料，對吧？很勇敢啊，也很善良。」

我霎時理解他指的是什麼，有些不自在地別開眼。

「我只是不想讓自己有罪惡感。」

我聽見自己滿不在乎地回應，他緊接著反問。

「什麼意思？」石軒問著，「罪惡感？」

我看了看他，再低頭看著碗裡的湯。

「對，罪惡感。」我捧起湯碗，就著碗緣喝了口湯，「因爲已經看見了。在夜店裡，在去上廁所前看到了，看到那兩個大叔趁那女生離座的時候，在她的飲料裡加了奇怪的東西。」

我抓起筷子，視線落在筷尖上。

「我本來沒有要在意的，畢竟夜店嘛，很常有的事。要是那女生笨笨地回座後還把飲料喝了，就是她自己不小心，能怪誰呢？我是這樣想的。」左手撐著臉頰，我揮了揮筷子，「可是，偏偏讓我在女廁裡遇見那女生了。」

石軒一副認眞聽講的模樣還滿可愛的，我不禁微笑，像是爲小孩子說故事一樣，繼續講述下去。

「當時一進廁所，我就發現她在洗手台補妝，經過她身後的時候，她的口紅掉了，掉在我腳邊，我好心幫她撿起來，結果還給她的時候，剛好碰到她的手。」

輕輕將筷子放下，我審視著自己的手指。

「透過觸碰，在那一刻，我預知了她的未來。」我的聲音幾不可聞，「我在腦袋裡，看見她被那兩個大叔強暴、殺害，然後棄屍。」

停頓了下，我才抬頭迎上石軒的視線。

「我看見了，看見她悽慘的下場，我想任誰看見了這一幕都沒辦法坐視不管的。」我繼續說：「要是我眞的坐視不管，我會被罪惡感壓垮的。」

石軒動也不動地盯著我瞧。

我沒有閃躲他的注視，只是微微笑著，以附帶一提的語氣補上一句：「說到底，我就是爲了自己，爲了讓自己心裡好過一點，所以你可不要眞的以爲我很善良。」

我又啜了幾口湯，濃郁的鹹味在嘴裡擴散開來，不得不承認這湯是滿桌菜色裡最好吃的一道，至少夠鹹。

我將湯碗放回桌上，碗底碰撞桌面的叩響聲音頗爲清脆。

石軒又問：「所以後來，妳就故意去把他們的桌子撞倒，對不對？」

我瞥了他一眼，又望回碗內剩餘的湯。

「對，假裝跌倒。」我深深吸了一口氣，一邊苦笑，一邊回想：「假裝絆到自己的腳，直接把桌上被下藥的飲料撞翻。」

「呵，演得超不像。」石軒笑咪咪地吐槽。

「眞是對不起喔。」皺了皺鼻子，我掛上冷漠的表情。

石軒的笑臉像是小孩子惡作劇得逞般。

「我啊……」他說，「那時候，也注意到那兩個大叔舉止有異，他們在那女生背對他們走到廁所去的時候，在她的飲料裡下藥，我覺得非常震驚，因爲第一次跟朋友去夜店就看到這種傳說中的事情。」

他說話的語速慢吞吞的，像是正在回憶著當時的經過。

「所以我很好奇，一直看，一直看。」他的唇邊漾出意味不明的笑意，像小男孩首次窺見大人世界的黑暗面，感到恐怖卻移不開視線，那股莫名的蠢動，讓人懼怕卻又感興趣。

我盯著他微揚的唇角，安靜地聽著。

「當時，我的眼角餘光剛好注意到妳。」他說，「我知道妳也跟我一樣目睹了那一幕，接著妳就跟著那個女生一起進了女廁，之後見妳很快就走出廁所，筆直地跑去撞翻那一張圓桌，看著潑灑一地的飲料時，我就明白妳的用意了。」

他笑了起來，眉眼弓起的弧度很好看。

「那時候，我眞的覺得妳像英雄一樣，眞的很棒。」石軒望著我，表情誠摯，「眞的很棒，很善良，一下子就被妳電到了喔。」

我怔了半晌。

「……你眞的講這種話都不會害臊欸。」我有感而發。

聽到我這麼說，他又爽朗地笑了。

「因爲是事實啊。」理直氣壯地，他大聲說：「雖然妳說妳只是不想讓自己有罪惡感，可是我想，這世界上應該找不到第二個像妳這樣的女孩子了！」

沉默了一會兒，我才弱弱地吐出一句：「你說的那些都是廢話。」

啊，他又笑了。他眞的很愛笑耶，這次笑點是在哪裡？

石軒含笑的眼睛依然瞅著我不放，我也看回去，盡量讓自己做到面無表情，但他好像完全不介意我努力維持的晚娘臉，還是衝著我笑。

突然，他用無比愉悅的語氣說：「所以，我絕不會讓妳逃走。」

我一時不知該如何反應。

石軒的眼神頓時銳利起來，臉上的笑容帶著說不出的邪魅深沉。

「找不到第二個，所以，不會讓妳逃走的。」他微瞇著眼睛，「不然我會對自己有罪惡感的。」

他的話令我渾身顫慄。

眞的，太有意思了。

我爲什麼會出現在托兒所呢？

半小時前，我還坐在石軒家的餐桌前，享受渾身戰慄的快感。

快感止於石軒望向我身後牆面上的掛鐘那一刻——那一刻，石軒突然驚呼：「啊，天啊！這麼晚了？」

我愣愣地問他怎麼了，他便向我解釋他打工快要遲到了，接著起身跑向陽台。待他回來，已經換下圍裙，黑色長褲上方多套了件連帽衫。他捧著已替我烘乾的粉紅色洋裝，以及我的內衣褲，快步過來將我一把從椅子上拉起。

「喂！欸！幹麼啊！」我驚叫著。

他完全沒理會我的掙扎，兀自替我脫掉我身上的寬大T恤，再像老媽照顧年幼孩童一樣替我穿上內衣褲，對，他居然替我穿上內衣褲！

這是什麼詭異至極的情況！男人替我脫衣服的次數很多，但男人替我一件一件穿上衣服，這還是第一次。

我還來不及反應，就被他迅速套上粉色洋裝，他還順手攏了攏我凌亂的長髮。

我立刻明白他是因爲要盡快出門工作，所以要我也趕緊整裝回家。

我這個人雖然比較自我，但對他人基本的尊重還是有的，所以我也由得他這麼對我。

石軒將我打理好後，隨即來回穿梭於廚房與飯廳之間，似乎在確認窗戶有沒有確實關好，以及電器電源是不是有確實拔除。我則盡量俐落地收拾餐桌上的碗盤，將廚餘集中在同一個碗內。

「那個……廚餘要丟哪裡？」我立在飯桌前，拉長脖子向忙碌的石軒大聲詢問。

石軒由飯廳門口探出頭來，「啊，那個……」只見他又一次快步走到我身邊，只是這次猛地從背後抱住我，雙手親密地圈在我的腰際。

突然的擁抱嚇得我挺直背脊。

「欸、欸……在幹麼？」我的身體有點緊繃。

石軒沒有馬上回應，他低下頭，將臉蹭在我左肩上，笑嘻嘻地細聲細氣說：「好像已經是我老婆了耶……這個樣子。」

我聽得皺了皺眉。

「只是幫你收拾餐桌而已，可以不要擅自腦補嗎？」以側臉輕輕撞了下他的腦袋，我不留情面地罵道：「白——痴。」

我聽見他嘿嘿笑了。

他鬆開環在我腰間的手，接過我手上的碗筷。

「這邊我來整理。妳先到玄關那邊穿鞋子。」

「好。」我點點頭，往玄關走去。

停在玄關處，低頭看著已經差不多晾乾的娃娃鞋，我才終於安靜地咧嘴，默默笑開。

笑什麼呢？真噁心。我試著吐槽自己，卻不怎麼成功。

內心的搔癢感在擴大，無可救藥地摸了摸石軒蹭過的左肩，無可救藥地感到欣喜。

或許我正在被攻陷，或許那樣眞的不錯也說不定。

快啊，快讓我忘記歐大瓦，讓我忘記那個我曾經那麼想要在一起的人啊。

讓我心甘情願地待在你身邊吧。

我轉過身，朝傳出碗盤框啷聲響的飯廳望去，咬住下唇。

快啊，石軒，我等不及了。

我的右手抓皺了覆在心口上的衣服，在奇怪想法的驅使下，彷彿那些言語自有意識，逼著我脫口而出。

「快啊，石軒！好慢！」我大喊。

石軒慌慌張張地從飯廳飛奔出來。

「我好了，我們走。」他順手摸了摸我頭頂的髮，往下一看，「啊，妳怎麼還沒穿鞋？」

我沒有接話，只緊抿著嘴，穿上依舊帶點濕氣的娃娃鞋。

石軒鎖上大門後，態度自然地牽起我的手，走過前院。他以單手熟練地門上庭院大門，另一手仍牽著我不放。

我盯著我們彼此交握的手發怔，當他再次邁步向前時，我忍不住開口。

「可以放開了吧，我的手。」我緩緩望上他的側臉，「我要搭車回家了，應該跟你要去的地方不同方向，你趕快去工作吧。」

「妳在說什麼？妳也要一起去啊。」石軒以一副理所當然的態度說：「妳要跟我一起去我工作的地方玩。」

「……為什麼我現在才聽說有這件事？」

他被我這麼一問，突然笑開，沒再多說什麼，自顧自地拉著我的手，邁著大步朝某個方向前進。

我覺得我應該要是深感無奈的，但我卻沒有反抗，因為他那張看上去十足開心的臉。

起初我以為我是對於他強勢霸道的個性實在沒輒，現在才猛然驚覺，其實我是對於他由衷愉快的表情完全沒輒，抵抗力為零。

於是，我就出現在托兒所了。

莫名其妙。

一般下午四點，父母便會陸陸續續前來托兒所接回小孩，但石軒工作的托兒所比較特別，他們專門為工作忙碌的家庭提供長時間的托育服務，不只週一到週五，就連假日，也接受小孩留到晚上八點，而石軒通常都是負責六點過後的課後留園活動，為小朋友進行課業輔導。

我側坐在藍紅相間的巧拼上，石軒已經換上托兒所的工作制服。

石軒正與一位年約四歲的小男童一起拿著蠟筆畫畫，男童坐在低矮的木椅上，短短的小粗腿前後一搖一晃，石軒則跪坐在一旁，耐心地教他辨認圖形，並討論要為不同圖形分別塗上什麼顏色。

我靜靜地審視著眼前這一幕。

確實有新好男人的架勢，那傢伙。

帶我來這裡十之八九是為了讓我看到這一面吧，刻意到接近愚蠢的地步。但怎麼說呢？托兒所裡的大人小孩的確都很喜歡他，這是假裝不來的，也不是一朝一夕就能建立的吧。

石軒剛領著我進門時，在托兒所工作的叔叔阿姨都親切熟稔地向他打招呼，隨後立刻注意到跟在他身後的我，紛紛對我露出溫和的微笑，等待石軒的介紹。

石軒指著我，露出一個欠揍的笑臉：「這是我以後的老婆。」

我就知道。

剎那間我眼神已死，他霸道的自信總讓我想吐槽，但這次我忍下了，畢竟無可否認，聽到這種話，我心裡某處是有些輕盈欲飛的。

我對著在場穿著綠色制服的叔叔阿姨們微笑，彎腰鞠躬，盡量以柔和有禮的聲調道出一句：「打擾了。」

直起身時，只見叔叔阿姨臉上的笑容更加深了，其中幾個也向我微幅欠身還禮，有幾個比較熱情的則迫不及待地湊到我面前問東問西，還有一位阿姨捧著一盤剛出爐的手工餅乾問我餓不餓。

這是另一個世界。

在托兒所裡，好像是另外一個乾淨無垢的理想世界，每個人都笑臉盈盈，彷彿所有的言語和情緒在這裡都會變得柔軟和善，與外面的世界大相逕庭，似乎所有的勾心鬥角、妒忌等種種惡意，只要進了這道門，那些都會被隔絕在外，你在這裡不會受傷。

就是那樣的差距。

那時，我想我是愣住了好幾秒吧，回過神的時候，石軒已向大家說明我是來參觀的，沒人反對——不，應該說是全員歡迎。

望著他們親切溫和的笑臉，我有種被淨化的感覺。

接著，我就被石軒領到教堂裡，旁觀他教導小朋友進行各式課後活動。

石軒先引導男童畫完小半幅蠟筆畫後，又湊近與男童共用矮桌的女童身邊，打算教她捏黏土。

女童看上去年紀比男童大一些，約在五到六歲之間，她瞄向男童的眼神總透著說不出的老成。她雙手笨拙卻思緒清晰地將製作蝸牛所需的各色黏土撕開、分類，再一一揉成一小球一小球，在桌沿擺放整齊。

石軒在旁看著，起先本來是想一步步指導女童的，但當他發現每次正想開口，女童都會搶先做好下一個步驟時，他就漸漸噤聲了。

踢到鐵板了吧。

我忍不住幸災樂禍。

只見女童不曉得第幾次又瞄了瞄桌子另一邊的男童，她仰著小臉，豎起細細短短的食指指向握著蠟筆在畫紙上塗塗抹抹的男童，大聲對石軒說：「哥哥，你不用來幫我。你去教永騏！他畫得很爛，你去教他！」

石軒頓時瞠目結舌，半句話都說不出來，我則噴笑出聲，憋都憋不住。

我突兀的笑聲引來了他們三人的注意，一大兩小全停住手邊的動作，整齊劃一地望向我。

「姐姐爲什麼要笑？」女童皺著秀氣的眉，充滿防備心。

我含笑對上她黑幽幽的眼。

「因爲妳人很好。」

說完，我站起身，走到她身旁坐下。

「姐姐覺得妳很關心他。」我指著正愣愣望向我們這邊的男童，對女童笑了笑，「我覺得妳這樣很棒。」

「我才沒有關心他！誰要關心他！奇怪！」女童情緒激動地站起身，雙手緊緊握拳，放聲大叫。

而男童也猛地從椅子上跳起來，左手用力拍在桌面上，右手指向氣呼呼的女童，回擊似地吼叫：「我也不用她關心啦！」

女童聽了更加惱怒，抓起桌上一球藍色黏土就往男童臉上砸，語氣凶狠。

「沒人要關心你啊，笨——蛋！笨蛋永騏！笨——蛋！」

名叫永騏的男童迅速躲過直飛過去的黏土，不甘示弱地瞪向女童，放聲回罵：「我不是笨蛋！妳才是笨蛋！」

這種程度的吵架……怎麼說啊。

我才牽動嘴角又趕緊硬生生地憋住笑意，與石軒一人安撫一個，終於把眼前這一觸即發的戰爭給平息下來。

不由得想著，這個年紀的我和歐大瓦是怎麼樣的呢？

我印象最深刻的記憶是——某一天，我和歐大瓦一起坐在幼稚園的溜滑梯上，我正經八百地向歐大瓦說：「以後你要娶我，知道嗎？」

歐大瓦一愣，「啊」了一聲。

「結婚。」我對著個頭跟我差不多高的歐大瓦，一派認真地解釋，「像爸爸媽媽一樣，要結婚。」

只見歐大瓦還是那副傻愣愣的樣子，他歪了歪頭，問道：「為什麼？」

我沒有思考太久，直截了當就回答：「因為，我們的名字很配。」

他張大了嘴，眼睛也跟著睜大，「什麼意思……」

「歐大瓦，苗小磚。你唸一遍。」

「歐大瓦，苗小磚。」

他配合度一百分地跟著我唸誦，而我滿意地笑開，豎起大拇指，一下子激動起來。

「是不是很配！大跟小，磚跟瓦，我們組在一起就會變大城堡跟小城堡！」

我記得我是那麼說的，像白痴一樣，但我當時確實是還挺自豪的，心也愉悅到癢呼呼的。

歐大瓦仍然摸不著頭緒，眼神寫滿疑惑。

「爲什麼……會變城堡？」

他這一問，頓時令我塌下肩膀，翻了個白眼。

受不了歐大瓦仍舊處於狀況外的呆蠢模樣，我以天經地義的語氣說：「因爲磚跟瓦是用來蓋房子的啊！蓋城堡啊！你眞的很笨欸！」

歐大瓦露出恍然大悟的表情。

「喔，所以我們結婚之後，就可以住在城堡了嗎？」

「對！」我用力點頭，堅定地看著他。

他終於笑了，他說：「那好！我們結婚！」

「很好。」我挺直腰桿，雙手抱在胸前，嚴肅地點了下頭。

當年的我和他就是這樣的位階關係，無論我提議什麼，他都會盲從，也不管我說的種種理由有沒有道理，他就是一股腦地傻傻相信。

傻傻相信我不會騙他，傻傻相信我所提出的建議就眞的是爲了彼此好，傻傻的，傻傻的，那就是曾經的歐大瓦，我最愛的歐大瓦。

過往一段又一段的相處時光，我們曾經共有的那麼多牽絆、扶持以及吵鬧，這些與那些，全部都是我最愛的。

其實我明白，我最愛的並不包括「現在的」歐大瓦。

其實我明白的。

我愛歐大瓦沒錯，但我更愛的是過去與歐大瓦共度的時光。

現在的歐大瓦是歐大瓦，卻不是過去的歐大瓦。

現在的歐大瓦，能不能給我和過去一樣的感受？雖然還是未知數。但經過最近幾次接觸，我感覺到不對勁了，那個未知數，快要變成令我悲傷的已知了。

嘿，這一點，我早就可以明白的。

我說過我不怎麼欺騙自己，但在歐大瓦這件事上，卻彷彿瞎了，聾了，不去看，也不去聽。

我最愛的歐大瓦，並不是現在的歐大瓦，而是過去的他。

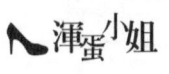

時間開了我一個玩笑。

時間像輸送帶一樣，把曾經的我的最愛送得遠遠的，改造完才再丟回來。我告訴自己：這是歐大瓦啊，妳最愛最愛的歐大瓦。

可是不對，已經不對了。

我最愛最愛的歐大瓦，停留在國小畢業那一刻，在我心裡，沒有長大。

在校慶與歐大瓦重逢後，坦白說我早就意識到他的不同，他在我不認識的地方，與我不認識的人一起產生了改變，縱使他眉飛色舞的笑容依然與過去相同，但也已不再是從前的那個他。

現在的歐大瓦變得會討價還價，變得會質疑我說的話，甚至會質疑我對他的情感，雖然我不得不承認，他的質疑並沒有錯。

妳有沒有想過，妳其實只是不甘心。

妳只是因爲國小畢業那天被我拒絕了，所以才不甘心，所以才非要跟我在一起。

妳只是想雪恥。

他不相信我的眞心。

而我，則誤解了我的眞心。

我愛的，從來就是過去的歐大瓦，而過去的他，早隨著當年歐家的車尾燈一起遠離消失，被距離與時間無聲埋葬。

我卻還停留在原來的地方，維持著他喜歡的髮型，等待他再度出現，等待他再次回到我身邊，等待他繼續露出一張單純的笑臉關心我的一切。

幼稚園大班的時候，我曾經整夜沒睡，就爲了看父親租來的動畫DVD，隔天與歐大瓦上學途中，我精神不濟直接暈了過去。上了國小以後，我有貧血的毛病，曾經在歐大瓦面前昏倒過一次，據周遭同學的說法是，看到我倒下的瞬間，歐大瓦快嚇死了，當場手足無措地尖叫求救。

親眼目睹過我兩次昏厥的歐大瓦，從此變得極其關心我的身體狀況。只要我稍有不適，他就會拋下任何事，跑到我身邊來。

我喜歡他這樣，於是撒了一些些小謊。

我說我慣性貧血，我說我不能熬夜，所以歐大瓦每當得知我作業寫不完，都會義無反顧地跑到我家，替我完成翌日要交的所有功課。

那我呢？

我就安安心心地躺在書桌旁的床上，聽著他寫字的沙沙聲音，逐漸入睡。

他對我的關懷，我總是貪婪地依賴、利用，甚至是濫用。

然後——愛著。

可是我有預感，已經沒辦法了。即使沒能再藉由觸碰歐大瓦，預知到關於未來的任何影像，我還是知道，歐大瓦已經變了。

或許，我也在改變。

拍著永騏小小弓起的背，我一面說著無關痛癢的話來安撫低頭生悶氣的永騏，一面瞄向正在逗女童開心的石軒。

石軒溫柔單純的笑容，讓我一時移不開視線。

是了，其實這一切跟歐大瓦有沒有改變，並沒有多大關連，剛剛我心裡想著我愛的是過去的歐大瓦，而不是現在的歐大瓦，其實這只不過是想要找個說法，來拙劣地掩蓋我自身的變化。

第十二章

分析。

實驗。

連續兩個星期，我沒再去找過歐大瓦。

我在分析，也在實驗。

分析自己對於歐大瓦的觀點是否正確，實驗歐大瓦對我的關注是否一如從前。

得出什麼結果呢？

這兩個星期，我並沒有想見歐大瓦想見得要死。

在與歐大瓦失去聯絡以來的那些日子裡，我想我把歐大瓦過於美化了。我擅自修改並加強了歐大瓦對我而言的美好形象，我擅自提高他在我心目中的地位，把他變成了夢寐以求的理想情人。

等到與歐大瓦再度重逢後，我卻感到空虛，甚至失落。

果然期望越高，失望越大。

現在的歐大瓦與我記憶裡的——不，應該說，與我擅自美化過的那個他，相差太遠了。

而且，這兩個星期，歐大瓦也沒有主動找過我。

不過，某次前往理化教室時，雅森附在我耳邊說了句悄悄話。

「那邊的男生在看妳，兩點鐘方向。」

「嗯。」我完全沒有停下腳步，只是裝作若無其事地朝兩點鐘方向瞥去一眼，再迅速調開視線。

短短一秒，就讓我清楚瞥見歐大瓦站在圖書館門口，目光筆直地落在我身上，直到我已走遠，仍能感受到他的目光。

這讓我得出了一個結論——歐大瓦還是會關注我，只是不會主動找我，我想他仍在爲了星期日那個悽慘的約會而感到尷尬。

這兩個星期，不僅對歐大瓦做了分析，我也對石軒做了點功課。

石軒下課過來找我聊天時，我主動問了他不少私事，本來以爲他會因爲被挖探隱私而沉默不答，結果他反倒非常開心，幾乎是有問必答。

某天下午第二節下課，石軒站在我們班的矮牆外，矮牆上的窗早被我拉開，因爲我知道他會過來，他總是站在走廊上，隔著窗，笑咪咪地與坐在座位上的我聊些不著邊際的話題。

這兩個星期，我的校園生活幾乎被這黏人的野獸占滿。

有一次，我突然好奇地問他的夢想是什麼，聞言，石軒的笑容很溫柔。

「當一個好爸爸。」

他是那麼回答的，我霎時愣住。

「我的夢想是當一個好爸爸。」

他又重複了一遍，好像以爲我沒聽清楚。

不，我聽得非常清楚，每個字都很清楚。

我勉強讓自己回過神來，甩了甩頭。

那答案平凡到過於出人意表。如果我聽見他說他想打進什麼知名藍球隊，甚至是要當太空人登上月球，我都還不會那麼驚訝，結果他竟給出了這樣一個柴米油鹽醬醋茶的平凡夢想。

他這個人似乎很喜歡小孩子啊。

和他在校園裡再次相遇後，聽見我沒生小孩，他表現出萬分失落的樣子，我一開始還對他的反應半信半疑，其實直到現在都還是覺得很奇怪；而且他還長期在托兒所打工，和小孩子的相處互動極有耐心。

看來他對於養育小孩子的確懷有很大的憧憬啊。

奇妙的傢伙。

我意態悠閒地靠上椅背，抬頭斜望著他。

「爲什麼這麼喜歡小孩？喜歡到想趕快生一個出來玩嗎？」

我連丟了兩個疑問，他先是怔了下，很快爽朗地笑了笑。

「怎麼可能是生來玩的啊！」他彎下腰地湊近我，「有小孩的話，當然是好好陪小孩，把他拉拔長大啊，要玩也是我給他當玩具玩吧。」

他說著說著，綻開無比愉悅的笑臉。

「然後，還要教他很多事情啊。」他接著舉例，「就算他不小心變得很頑皮，也不可以打他，從小就要跟他好好用講的，還有要讓他知道，在家也要做家事，不可以太寵，也不可以亂花錢。有時候也要讓他獨立一點，像是自己收拾書包，還有整理頭髮什麼的。」

我聽得一愣一愣，瞠目結舌，這人該不會是外星人吧？

「為什麼……」我聽見問句自行從我的嘴裡冒出來，「為什麼……這麼興奮……」

「嗯？」

「我是說，你到底為什麼……這麼想當爸爸？」稍微平復了訝異的情緒，我重新拼湊出完整的問句。

石軒收起笑意，變得有些不好意思。

「啊，那個啊。」他直起身，搔了搔後腦，「可能是補償心理吧。」

「補償心理？」我思索了下，「該不會是那個吧，就是希望小孩能擁有自己沒有的東西，那種父母的補償心理？」

過了幾秒，石軒才慢慢點了點頭。

「就……大概是那個樣子。」他吞吞吐吐地說：「小的時候，我……跟我爸關係有點差。所以……我就想說，以後要是有小孩的話，一定要當個跟小孩很親近的爸爸，就……類似那樣。」

「這樣啊。」我點點頭，「很不錯啊。」

石軒愣愣地望著我好一會兒，才露出一張很純眞的笑臉。

啊，眞可愛，像他那種長相有點凶的臉眞不適合那樣子笑，但即便不適合，我也覺得很可愛。

我是不是有病呢？

看著他違和感十足的笑容，我想起另一件事。

「欸。」我索性就直接問出口：「話說回來，因爲你想趕快當個好爸爸，所以才會這麼期待我能懷孕嗎？」

這樣問實在很直接，沒辦法，我眞心覺得納悶啊。

沒想到石軒被我這一問，不但沒有浮現困窘的表情，反而燦爛地笑開。

「不。」他說，「不是因爲想趕快當爸爸。」

我反射性地皺了下眉心，追問：「不然呢？」

「只是想用小孩把妳綁住。」

聽見他這種荒謬至極的言論，我徹底無言了。

這跟那些用孩子逼婚的女人有什麼兩樣！

🍸

某日放學，應石軒要求，我和他在學校附近散步。

我居然會答應這種少女心的要求，眞的很不像我。

石軒在途中買了兩支霜淇淋，和我一人一支。瞧他走在我身邊吃得津津有味，我眞覺得他是典型少女漫畫裡的女主角。

年紀輕輕就想找個命中注定的人安定下來、嚮往放學後的約會、愛下廚、死心眼，可惜就是臉長得凶了點，其他都符合女主角的必要條件。

啊，還有他身材太過高壯了，如果能矮一點，柔弱一點，在BL漫畫裡當個小受應該也很吃得開吧？

一路上我舔著霜淇淋，不時瞄向他的側臉，腦袋裡盡想些不正經的事，絲毫沒把他滔滔不絕的話給聽進耳裡。

日落時分，我們走進一間附設座位的便利商店。

石軒替我買了一盒牛奶，望著他在櫃檯結帳的背影，挺拔結實，突然很想被他背在背上。

才這麼想著，就見一位正在選購商品的年輕男人，正巧背著一位年約四、五歲的小男孩。小男孩雙臂環抱著年輕男人的脖子，小臉湊在年輕男人頰邊，眉飛色舞地說著今天在幼稚園吃了哪些點心。

石軒肯定也注意到那對父子了，不然石軒的眼睛不會那麼燦亮亮地盯著他們，動也不動。

就像狗看見狗餅乾。

我忍不住笑出來。

最後那對父子買了支冰棒，很快就出了便利商店。石軒這才把視線收回來，拎著結完帳的牛奶走向我。

我沒有問他剛才是不是非常羨慕那對父子，因爲答案無庸置疑。我只笑笑地接過牛奶，一撕開封口就仰頭灌了幾口。

我們並肩坐在便利商店內的小圓椅上，一同望著玻璃牆外的街景。

也許是正逢放學時刻吧，玻璃牆外的人行道上竟陸續走過兩、三對疑似是父子或父女關係的男人與小孩，有兩對是大手牽小手，有一對則像方才店裡見到的那般，父親慈藹地把孩子背在背上。

我偷偷看向身旁的石軒。

石軒依然是那副欣羨萬分的神態，嘴角微翹著。

他會那麼羨慕，是因爲自己沒有得到過這樣溫暖的父愛吧，可是爲什麼會沒有得到呢？

坦白說，隨便開口問這種事情不太妥當，畢竟這很可能會是對方不堪回首的記憶，要是眞問了，會很像逼迫他掀開瘡疤給我看吧，那樣很糟糕的。

啊，但是我還是問了耶。

爲了滿足好奇心，我一不小心就問出口了。我這種渾蛋的個性估計是沒救了吧，醫生。

無論如何，沒藥醫的我問了就是問了。一問之下，我這才曉得石軒與他爸之所以關係差的原因。

石軒苦笑：「我身上，流著一個陌生人的血液喔。」

是，石軒並非他爸爸的親生骨肉，石軒是他媽媽前男友的孩子。

石媽在認識石爸前，懷上了一位金髮外國人的種，也就是石軒。誰知那個外國人竟不負責任地飛回了家鄉，從此人間蒸發，留下待在台灣獨自一人無依無靠的石媽，以及石媽腹中的小石軒。

遇上石爸是那金髮外國人離開後兩個月的事。

對當時的石媽而言，石爸只是從其他單位調職來的工作同仁，但石爸對石媽一見鍾情，積極展開追求。

這樣的熱情，起初讓石媽感到有些難以應對，索性說出自己懷有身孕的事，石爸雖然感到驚訝，但當他得知孩子的爸無情無義地落跑了，石爸便開始採取溫情攻勢，保證會好好照顧石媽跟肚子裡未出世的孩子。

所以其實石爸早就知道石媽懷著別人的孩子，但還是不改殷勤追求，最後打動了石媽，兩人才帶球結婚。

然而，好景不長，等到石軒出世，石爸看著石軒的髮色與瞳孔顏色明顯帶著外國人的影子，心裡難免不是滋味，逐漸染上酒癮，酒醉後也屢次像是發酒瘋般地拿石軒出氣。

石媽由於工作忙碌，經常出差在外，無法在家及時保護石軒。石軒背上的多處傷疤，就是過去石爸喝醉時的家暴證明。

從小，石軒就知道自己的身世原委，知道石爸難免會介意兒子並非自己的親生骨肉，難免會自暴自棄地捲入黑暗的狂暴情緒。

儘管石爸每次酒醒後，就會滿懷歉意地恢復平時溫文的模樣，也不會在物質方面虧待石軒，但他對石軒所造成的心理陰影早就揮之不去了。

石軒何嘗不想和石爸建立起良好的父子關係，但卻遲遲無法跨出那一步，當他日漸長大、上了小學、終於累積起足夠的勇氣想與石爸重新修補關係時，石媽卻向石爸提出離婚的要求。

原因是，她再也受不了石爸對石軒的暴力相向了。

過去隱忍，是因爲石爸酒醒後總會後悔萬分，並承諾永遠不會再碰酒精，但這樣的承諾，總是一次次被打破，又一次次被許下。

石媽再也受不了，決定將石爸踢出石軒的人生。

離婚後的石媽，沒有再結婚，也沒有交往對象，就這麼獨自一人扶養石軒長大。

所以，石軒始終無法得到他一直渴求的父子關係。

所以，石軒最大的夢想，就是給予他未來的孩子，他一直求而不得的東西。

我聽了都快哭了，混帳。

我想歐大瓦鐵定聽說了吧，關於石軒。

學校這種環境，總存在著一套運作完善的地下八卦系統，你不必刻意宣告自己最近跟誰走得比較近，只要你在學校的名聲極佳或極劣，你的一舉一動自然而然就會被當作閒暇之餘的話題炒作，如病毒般快速傳開。

當然我並不是名聲極佳或極劣的那一位，畢竟我平時在學校多多少少會遮掩一下自己的渾蛋本性，知道我真面目的同學並不多，所以在這裡指的那一位公眾話題主角，是石軒。

雅森說過，石軒算得上是品學兼優的學生，聽說他上學從不遲到，金棕髮色與琥珀瞳孔顏色是天生的，學業方面則位居班上前三，運動會接力賽跑時，他也總是擔任壓軸最後一棒。

石軒是名聲極佳的那一位，他的身旁站著誰，自然連帶會被關注。

我是連帶被關注的那一位。

「欸，那就是那個女生啊！」

「哪裡？哪裡？」

「拿水壺那一個。」

「啊，就是她喔？啊……跟石軒滿配的欸……」

「對啊，等級很高的樣子，難怪石軒下課都去找她。」

「所以是石軒在追她喔？」

「嗯，有人問過石軒，說好像是還沒追到。」

以上諸如此類的竊竊私語，我都親耳聽見了。

拿著水壺、排隊站在飲水機前等著裝水的我低下臉，暗自偷笑。

是啊，自從石軒開始黏上我，並沒有什麼令人厭惡的輿論出現，反而順勢把我的身價哄抬起來。

不討厭，所以就這樣吧。

所以，在面對別人的詢問時，我總是微笑，不承認也不否認，絕不把話說死。

也或許，我在等待歐大瓦的行動。

歐大瓦肯定已經風聞石軒積極追求我一事，學校的八卦傳播網絡不會讓他隔離在外。我在等他先有所行動，我就能隨機應變，擺放下一步棋。

也許到那時候，我就能看清更多事了也說不定。

無論如何，在那之前，對於他人的追問，我總是笑而不答。

直到歐大瓦將我叫出教室的這一天來臨。

上午第三節下課，歐大瓦領著我走到人群罕至的教學大樓後方，我們面對面站在草皮上，婆娑的樹影籠罩著我們。

歐大瓦劈頭就是一句：「我聽說了，妳和那個二十一班的傢伙在交往，是嗎？」

這是什麼質問的口氣？事到如今才在這邊不甘心嗎？

我雙手抱在胸前，站立的重心放在左腳，歪著頭看他。他就像是看到過去總追著自己跑的小狗突然被別人領養般，露出複雜的失落神色。

怎麼？失去了才意識到我的重要嗎？

我嘴角忍不住溢出一聲嗤笑，雖然很想逗弄一下他，但不知怎地，我更想坦白說出實情，我有預感，如果這次對他亂說話會讓事情難以收拾。

「二十一班的傢伙，是指石軒吧。」我沒有等他回答，兀自接續著說：「我們沒有在交往。你的消息來源，有點不準確喔。」

歐大瓦聽著一愣，又立刻追問。

「那麼那個石軒為什麼經常待在妳旁邊？大家都在傳這件事。」

「歐先生，請問一下，你現在是站在什麼角度問我這些事呢？」我嘴角揚起的幅度已經壓不下去，應該連眉眼都彎成上弦月了吧。

只見他神色一僵，奮力做出鎮靜的樣子，眼神看上去有些閃爍。

太好玩了。

「……當然，是站在朋友的立場。」歐大瓦解釋，「再怎麼說，我們也是一起長大的不是嗎？擔心妳被奇怪的男生騙，有哪裡不對嗎？」

「當然沒有。」我繼續微笑，「不過，你從哪一點斷定石軒是奇怪的男生呢？」

歐大瓦眉頭一皺，露出思索的表情，然後又板起一張臉。

「看他的頭髮也知道他不是個正經的人。」以義憤填膺的語氣，歐大瓦如此說道。

「很抱歉，他天生就是那種髮色，沒有染過。」我語帶笑意地吐槽。

此刻歐大瓦看上去明顯已經升起一股無形的怒火。

「好，姑且不論他的外型。」歐大瓦話間一頓，眉頭皺得更緊，「他那樣窮追不捨地接近妳，妳不會覺得奇怪嗎？他眞正的意圖妳有想過嗎？他認識妳的時間不長吧，既然不長，他還這麼積極接近妳，妳覺得他是認眞的？他只是看上妳的外表吧？」

聽著他連珠炮式的問句，我微微挑起了眉。

「所以讓我搞清楚，你今天想跟我說的就是——要小心不要被騙，對嗎？」我加深臉上的笑容，伸手撫弄了下他垂散在眼角的黑髮，刻意輕描淡寫地說：「吶，感謝你的關心，本小姐會多加小心的。」

語畢，我轉過身就要離開，舉起一隻手向後揮了揮，「掰掰。」

我沒再看向他，就這麼一步一步，逐步遠離他。

我肯定歐大瓦還有最重要的話沒說，瞧他剛才臉上的表情就知道了，那種彆扭的緊繃感，鐵定是還有什麼話想說，卻遲遲還不敢說出口。

如果不這麼逼他，估計他是不會說了。

我踏著規律的步伐，故意悠哉地漫步向前。

等待，等待，等待他沉不住氣的那一刻。

等待，等待。

五，四，三，二……

「等一下。」

我停下腳步，露出正中下懷的笑容，緩緩轉過身看向歐大瓦。

歐大瓦站在原處，垂在大腿旁的雙手握緊成拳，過了一會兒，他像是下定了什麼決心似地，快步朝我走來。

他在我面前約莫半步的距離停下，低頭盯著我瞧。

我仰頭對上他異常認真的目光。

「怎麼了？還有什麼事嗎？」我笑咪咪地問。

事情變得越來越有趣了。

歐大瓦全身僵硬，撇開了視線，半晌才低著嗓音，吐出三個字。

「對不起。」

我停頓了一下，才問：「對不起什麼？」

只見他的眼神左右游移，最後才慢慢又看向我。

「那個星期天，明明妳說是約會，我卻害妳哭了。」他慢條斯理地開口，又說了一遍：「對不起。」

我盯著他的眼睛，最後視線落在他色澤偏深的唇角。

「無所謂。」我盡量溫聲笑道：「不用在意。」

抬手戳了戳他左邊的臉頰，手指陷落在他微涼的皮膚時，我想起曾經我也這麼戳過他的臉。那是國小幾年級的事情？不記得了，只記得那天的天氣與今天相仿，我們一樣站在樹蔭底下，他因爲沒有買到我想喝的飲料，而向我說對不起。那時候，我也同樣回答了他無所謂，接著伸指輕戳他左邊的臉頰。

不就是沒有給我我想要的嘛，無論是清涼的飲料，或是甜美的約會，不過就是沒有給我我想要的東西罷了。無所謂。

飲料我改天再自己買，約會我改天再約其他人。不要緊。

無所謂。

我放下戳弄他臉頰的手，微微低下了臉。

我不曉得此時此刻，他是不是也跟我一樣憶及過去那一幕，我只曉得他似乎想再說些什麼。

「我仔細想過了，苗小磚。」深吸一口氣後，他說：「星期日那天跟妳分開之後，我回到家，想了很多很多。我記得妳從來不會輕易掉眼淚的，所以，我開始思考妳那天哭泣的原因，我才慢慢想通了，妳想跟我在一起，不只是因爲不甘心。對不起，我那時候對妳說了很殘忍的話。」

他刻意放慢說話速度，我緩緩抬起臉，望向他。

「然後呢？」

「然後——」歐大瓦嚥了口唾沫，深吸口氣才繼續說：「然後我想，既然妳對我是眞心喜歡，那我們可以試著交往看看。」

與他對視半晌，我在心裡默念一次他剛剛說過的最後那幾句話，不自覺噗哧一聲笑出來。

「什麼啊，很狂妄的語氣嘛。」我抬高下頷，斜斜地睇著眼看他。

Bingo。

剛剛他所說的話，全在我的預料之中。

人類就是這樣的生物，當原本握在手上的東西即將跑向別人手裡，心裡便會滋生出許多原本沒有的情緒，本能地想要占有。

我早猜到了。

只是，沒有猜到在那之後的吻。

嘴唇觸碰的瞬間，我呆立在原地，雙眼瞠得老大。

僅僅一秒的吻，像是他在我嘴上輕啄，下一秒就快速退開。

我不敢置信地望著歐大瓦。

唇上還殘留著歐大瓦唇瓣的觸感，我混亂地想著，這就是我多年來一直在期待、渴望，並設法獲得的——歐大瓦的吻？

好平凡！

太平凡了！

我想我是幻滅了，就像我一直以爲拿到外表最漂亮的保齡球猛力扔出球道，便會得到完美的strike，結果卻落得洗溝一樣。

我都快哭了。

與其讓我面對這樣的現實，我寧願剛才根本沒有被吻。

讓我保留對歐大瓦的憧憬啊！渾蛋！渾蛋！

我也不曉得自己究竟在罵誰，但就是瘋狂地想嘶吼，想毀滅一切。

「你這是在……做什麼。」但最後，我只是沮喪地低著頭，弱弱吐出這句話。

我受到的打擊太過巨大，以致遲遲無法闔上半啓的嘴，一臉我最不齒的呆相。

爲什麼要吻我……爲什麼要毀掉我的嚮往……

我聽見歐大瓦含笑的回應。

「我在做什麼，看不出來嗎？」他說，「就親親看啊，看有沒有感覺。要試著交往的話，當然會做這種事吧。」

聽著他理所當然的論調，我全身顫抖得不能自己。

他以爲他是誰？

一把莫名的怒火在我胸口深處轟地燃燒。

歐大瓦這傢伙越來越不像話了，明明過去只是個下僕，現在竟爬到我頭上撒野？荒謬！

什麼叫做親親看？什麼叫做看看有沒有感覺？

怎麼，我是實驗品嗎？我的嘴唇是你歐大爺的試菜碟嗎！去死一死吧！

我憤怒到極點，一抬頭就瞪向他。

本想破口大罵，但就在這時，歐大瓦又俯首貼近，似乎還想再來上一吻。

我完全沒有心理準備，複雜的情緒交錯，想呼他巴掌的手竟停在空中，一時不知該不該打下去。

就在兩人唇瓣距離僅約三公分之際，歐大瓦被人從後方用力一把拉開，嚇了我一大跳。

石軒從歐大瓦後方架著他，並且無比狗血地厲聲質問歐大瓦：「你他媽的在對我女人幹麼！」

哇，好老派的問話！

瞧石軒那張氣勢十足的凶臉，都可以去演黑道電影了。

我吶吶地看著石軒不爽到極點的臉，再看著驚愕到臉色發白的歐大瓦，眼角餘光瞄見教官正朝我們這個方向走來。

雖然教官似乎尚未發現我們這邊的異狀，但只要教官再繼續前進，勢必會察覺不對。

我著急地衝向還勒著歐大瓦不放的石軒，以及正掙扎亂叫的歐大瓦。

「石軒，住手！放開他！」我盡量壓低音量對石軒這麼吩咐，同時我伸手捂住歐大瓦的嘴，以防他的慘叫傳進教官耳裡。

石軒聽完我的吩咐，瞬間露出一臉「什麼？妳站在他那邊？」的受傷神情，下一秒又豎起眉毛，像是要惱羞成怒，做出更不理智的舉動。

幸好，最後石軒只是悶哼一聲，聽話地鬆開對歐大瓦的鉗制，但他的手馬上換了另一個鉗制對象。

我被石軒一手拽住右手腕，猛力一拉，朝遠離教官的另一個方向跑。

不想跌倒的我只好跟著加快步伐，我下意識回頭一看，仍舊一臉呆愣的歐大瓦始終站在原地，我漸漸看不清他的臉，最後在石軒帶著我拐過一個彎後，我看不見歐大瓦了。

上課鐘響已經過了五分鐘，四周除了我和歐大瓦，已沒有任何遊蕩的學生。激烈奔跑過後，我們氣喘吁吁地停在重新整修尚未開放使用的籃球場。

石軒一臉嚴肅地盯著我，靠過身來，將我一步步逼向牆角。

大太陽底下，我退到建築物投下的陰影裡，汗濕的背貼上了相對冰涼的建築外牆。

我抬起臉，以冷靜的姿態回望著他。

「不准。」石軒沉聲開口，「不准跑掉。」

他幾乎是以壓制敵人的動作，將我壓在牆角。

他一隻腿微弓著膝蓋，抵在我雙腿之間，雙手扣在我身體兩側，又在我耳邊慎重警告：「不准跑到別人那裡去，不准讓別人碰妳，妳全部都是我的，聽見了嗎？」

石軒突然一口咬上我頸側。

他似乎誤會了什麼。

愚蠢的野獸。

我不禁勾起唇角，以鼻息吁出短促的笑。

「有人在吃醋喔——」我的聲音洩漏藏不住的愉悅，任由他在我頸邊落下痳痳癢癢的印記。

「不是很有自信嗎？不是說我最後會是你的嗎？嗯？」我感到有趣，嘴裡繼續火上澆油，「怎麼，我不過是被別的男生親了一口，你在不高興什麼？」

石軒扣在我身側的臂膀明顯緊繃起來。

他緩緩直起身，目光灼灼地對上我刻意一派輕鬆的臉。

石軒伸手輕輕抹過我的嘴，手指粗韌的觸感在我唇上遊走，我察覺他稍微加重了力道，像是想抹煞掉什麼，反覆抹搓，最後他低頭吻上。

他在我唇上來回舔舐，連熱燙的舌尖也探入了我的嘴，細細造訪過每一處，像是進行地毯式的消毒。

想藉此蓋過歐大瓦吻我的痕跡嗎？

什麼嘛，像小孩子一樣。我的唇角微翹。

石軒眉頭微皺，好像在擔心著什麼，或許在擔心明明就快到手的獵物被別頭獅子叼走，所以慌張地想強勢搶奪，搶奪過來後再拖到隱密處藏好，並且務必再三確認這隻獵物會乖乖地安分留在這裡。

「妳是我的。」石軒的右手捏上我的下頷，吻上我的眼睛，然後他魄力十足地宣告：「規則改變，從現在開始，妳只能是我的。」

我聽著噴出一陣嗤笑。

「你今年幾歲啊？石軒小朋友。」我頭微偏向一側，斜斜瞟了他一眼，「擅自說這些一廂情願的話，不覺得幼稚嗎？」

只見他瞬間如炸了毛的野獸，臉色一沉。

看他那副樣子，我更想逗逗他。

「說到底，現在你跟我是什麼關係？」我存心要讓他更加惱怒，咯咯笑道：「我們可是連交往都還沒開始喔？我從來沒答應過要跟你在一起，對吧？擅自把我拉來這種地方，還擅自命令我，不會太超過了嗎？」

結果，他似乎壓根沒聽我說話，高健壯碩的身子朝我壓來，他低頭狠狠咬上我的右耳，瞬間傳來一陣疼痛。

「我全部都是妳的，所以，妳也必須是我的。」他霸道的低語完全沒有道理可言。

我還來不及有所反應，他又說了。

「妳是我的，絕對不會讓給其他人。」他的語氣強硬，湊在我耳邊說著：「妳也別想逃走，即使再逃，我也會把妳抓回來。」

那一刻，我竟感到前所未有的安心，與難以言明的飽足。

我坐在保健室病床邊的鐵椅上，上次坐的那一張。

平躺在床上的傢伙也跟上次是同一個人。

石軒雙眼緊閉，睡得很沉。

有了上一次的經驗，這次我沒再那麼驚慌失措，但憂心忡忡的程度，說眞的比上一次高上許多。

我擱在腿上的雙手互相揉捏著指節，等著石軒什麼時候醒來。

方才正當我打從心裡感到飽足的那一刻，天外突然飛來一顆毛茸茸的堅硬網球，直接打中石軒的後腦勺，然後石軒就失去意識，昏厥在我身上。

啊，石軒穿著體育服，估計是今天下午有體育課，啊！我想起來了，他被網球打中的這一幕，是不是就是我先前預知到的那個畫面……

嗯，應該沒錯。果然成眞了。

前來撿球的是個在隔壁球場上體育課的男生，一見到人高馬大的石軒趴在我身上，而我正雙手使力撐著石軒的身體，那個握著網球拍的男生起先愣了下，大概以爲目睹到什麼不該看的場面，立刻撇過頭，嘴裡直嚷著：「抱歉抱歉！我不是故意……我、我只是來撿球！」

天啊，我下意識翻了個白眼，瞪向那個以盡量不望向我們爲原則，跑去撿球的男生。

「快點過來幫我。」我向男學生快速解釋，「你剛打過來的球敲中這傢伙的後腦，他暈倒了，過來幫我把他帶去保健室。」

那個男生停下撿球的動作，猛然意會過來，立刻扔下手上的球拍，二話不說便衝過來，與我一同將石軒扛到保健室。

保健室阿姨明顯露出一副「這個人怎麼又昏倒了？」的狐疑表情，但也沒多問，只簡單詢問發生了什麼事，便兀自檢查起石軒的後腦勺。

當保健室阿姨翻開石軒的頭髮，檢視頭皮紅腫的情況時，我專注地跟在一旁，我比我想像中的還要緊張，而那位肇事的男生，就趁我目不轉睛在觀察石軒的後腦勺時，不聲不響地落跑了。

眞是的，敢做不敢當的男生最差勁了。

嗯，石軒剛好是完全相反的類型呢。那一夜，明明我根本沒想要再有所牽扯的，他卻一直纏著主動說要負責。

光是想起當時他追著我說要對我負責的那張誠懇的臉，我就想笑。

保健室阿姨檢查過石軒的傷勢後，確認應該沒什麼大礙，便讓仍然昏迷不醒的他躺在角落屛風內的病床上休息。

我主動表示自己想待在這邊等石軒醒來，保健室阿姨聽了先是一愣，接著露出「啊啊，青春眞好啊。」的曖昧眼神，答應讓我待著。

於是我坐在石軒病床旁的鐵椅上，一坐就坐到了現在，半節課都過去了，屛風外傳來保健室阿姨趴在桌上睡著的鼾聲。

我死死盯著石軒，確認石軒的胸口依然規律起伏——還有呼吸。

還在呼吸。

怎麼我越來越像普通的一般女孩了？

像這種爲一個男生擔心到焦躁不安的心情，我從來都以爲只會發生在面對歐大瓦時，我以爲對我而言，再沒有比歐大瓦更重要的存在。

我以爲詛咒永遠不會解開。

我忍不住漾出笑容，笑自己過往的看不開，也笑自己終於能看開。

「石軒。」我輕聲呼喚，「石軒。」

謝謝你毀掉我的詛咒。

謝謝你讓我只看著你，只想著你。這樣子，輕鬆多了。

石軒。

石軒。

在心裡像念著咒語般反覆呼喚，我好像爲自己施下了新的詛咒——見鬼了，我竟然覺得心甘情願。

我安靜地站起身，彎腰湊近石軒的臉。

他的睡顏看上去沒有絲毫防備，幾撮金棕色的髮散落在他睡態安詳的眉眼間，我伸手輕輕爲他撥攏散亂的髮絲。

手指並沒有因此滿足。

我豎著食指，放輕力道地掠過他剛毅的眉骨，再掠過他薄薄的眼皮，最後滑過他高挺的鼻梁。

視線落在他的唇上，我細細嗅聞他身上散發的蜂蜜揉合著青草的香味，嗅啊嗅地，鼻尖越發貼近他的臉，可能是鼻息噴散到他臉上，他眉間突然蹙了下。

於是，我惡作劇地輕舔他的鼻尖，最後親吻他的嘴。

我想親吻不算在惡作劇內。

我想這是意義上的親吻。

石軒緩緩睜開眼，與正在偷吻他的我，四目相交。

我離開他柔軟的唇，笑嘻嘻地看著一臉愕然的他。

「你好啊，睡美人。」我笑道，隨即伸手摸了摸他的臉。

石軒剛醒過來，一愣一愣的，呆了好一會兒才環顧四周。

「我怎麼又……啊，該不會……」他先是自言自語，後又看著我，語氣驚訝地問：「預言成眞了嗎？剛剛？網球？」

我看著他訝異的神情，笑了出來，「對，成眞了。你還昏倒在我身上。」

石軒一下子露出懊惱的臉色，接著他不曉得在思忖什麼，臉色有點凝重，不過很快又重振起精神，眼神認眞地望著我。

「現在回到我昏倒前的話題，那時候我話還沒說完。」他語調鄭重。

我頭歪了歪，示意他往下說。

「雖然即便妳再逃，我也會把妳抓回來，但是其實……我沒有那種自信。」

石軒突然的這句自白讓我非常意外，我想都沒想過他會說出這種話，這就像聽見一頭獅子垂頭喪氣地說：「其實我沒有自信抓到小白兔。」

他沒有理會我的錯愕，兀自說了下去。

「我知道妳很聰明，妳如果下定決心要逃，誰都攔不住妳。」沉默半晌，他才緩緩伸手撫過我的臉，苦笑著開口：「所以其實，我很害怕。」

我訝異到半句話都說不出，只怔怔盯著他。

石軒轉開了視線，他的嗓音悶悶的，「我很怕像一年前那樣，一覺醒來妳就逃走了，就算我拚死拚活想要找妳，也完全沒有頭緒……」

說著，石軒的眼神又轉向我。

「對不起，我只會說大話。」他不好意思地笑了笑，「老是說一些聽起來很有自信的話，說什麼妳最後會是我的，說什麼妳逃了我也會把妳抓回來，但其實我根本沒有依據，也根本沒有把握。我知道當妳真的想逃的時候，我怎麼樣也留不住妳。」

聽到這裡，我才終於稍稍平復驚訝的心情，漸漸理出頭緒。

「所以我很害怕，怕哪天我一覺醒來，妳又會不見。」他伸手將我攬近了些，讓我的側臉貼上他的頸邊。

我配合他的動作，不發一語，只是聞著他身上的蜂蜜青草香。

他低頭親吻我的髮，溫潤的嗓音低低說著：「可不可以不要不見……」

宛如低頭伏低身軀的獅子，放下尊嚴，懇求著我不要再擅自離開。

因爲被他攬住後頸，我俯身側趴在石軒身上，我察覺他嚥了口唾沫，喉結滾動了一下。老實說，他在說些什麼、哀求什麼、那些令人鼻酸的什麼，全部全部我都沒有太放在心上。

我略略撐起上身，輕咬他的頸子，舔過他凸起的喉結。

除了哀求以外，他說的全是廢話，他以爲他說的那些我會不知道嗎？

我苗小磚有手有腳，要逃要跑要躲要閃，輕而易舉，眞要逃我會逃不掉嗎？開什麼玩笑。

如果不想被逮住，根本就不會被逮住。

如果眞的想逃，我現在根本就不會站在這裡。

這頭奸詐的獅子只是在以退爲進，放低身段，想要引誘獵物傻傻地說出：「你放心，我會乖乖待在你身邊，不會逃跑。」諸如此類的許諾。

當我是白痴嗎！

我揚起嘴角，咬上他溫熱的頸部肌膚，換得他吃痛的悶哼。

「怕我不見，就不要演這種爛戲。」我壓低聲音，撐高上身，對上他的視線。

石軒停頓了兩秒，在第三秒，終於才露出痞痞的笑容。

「我還以爲我說的話會滿讓人感動的。」他眼皮半闔，似笑非笑，「不覺得很感人嗎？坦承沒自信留住妳什麼的，不是應該會激起女生的母性嗎？」

「眞抱歉，母性我可能比較缺乏。」我懶洋洋地笑著回答，撥開他攬在我肩上的那隻手，直起腰脊，「沒自信什麼的，就你來說，太假了。」

石軒頓了下，右眉挑得高高的，笑咪咪地問：「什麼意思？」

「意思是——雖然認識你不久，但我對你的印象就是什麼都普普，偏偏就是自信特別多。」我調侃他，「例如做菜普普，但總是很有自信，覺得自己做得很好吃。」

這時，石軒以手肘半撐起身，從床上坐起。

「做菜普普，做其他的呢？」

聽出他問句中的強烈暗示，我露出富含深意的微笑。

「那倒是滿對我胃口的。」

我湊近他，吻上他溫軟的嘴，在親吻過後，半坐在床上的他，雙手擁住了我。

「欸，苗小磚。」他的聲音幾不可聞：「最後那句，不是演戲。」

我在他耳邊學他以氣音說話：「哪一句？」

「不要不見。」

不要不見。

即便沒有加上任何請託，或刻意低聲下氣，還是讓我心臟一震。

或許這也是他騙我許下承諾的手段，可是我這一秒竟覺得很好玩。

回擁了他，我將臉蹭靠在他暖和的肩膀，深吸一口他清爽微甜的香氣。

「嗯。」我低應，「不會不見。」

這一玩會不會就完了，我不知道。

這一玩會不會賠上一輩子，我也不知道。

我只知道預知到太遙遠的未來，不見得就是好事，把握想要的現在比較重要。有花堪折直須折，以後會怎樣，以後再說。

忘了在哪裡聽說過，心理學上有個理論——相較於那些做過的事，人們眞正後悔的，往往是那些沒做的。

順從自己的心意，做就對了。

我雙手捧上他的雙頰，想再吻他一口，他卻捂住我的嘴。

「等等。」他突然正經八百地說：「想好喔，現在親上來，以後就不能再親其他人了。我不喜歡剛剛看到的那個場景。」

我一愣，過幾秒才反應過來，他指的是我與歐大瓦接吻的那一幕。

嘖嘖嘖，心胸狹窄的野獸。

我笑了笑，居然聽見他還在開條件。

「不能再像以前一樣私生活糜爛，不能勾引其他男人，也不能亂進別人房間，尤其是男生的房間。」他一一細數，重回獅子高高在上的氣勢，吩咐道：「妳要改變的習慣很多喔。」

如果眞的非那道菜不吃，妳怎麼會因爲要改變自己就卻步了？

父親說過的話，與眼前石軒的嚴正告誡，在我腦中來回擺盪。

我望著石軒嚴肅的神情，胸口像起了什麼化學變化，砰砰砰地爆炸。

非吃不可的那道菜，原來是他。

「怎麼樣？現在，親，還是不親？」他目光閃亮，語氣愼重。

我望進他琥珀色的眸子，猛地笑開，伸手拉過他的領子。

To kiss , or not to kiss?

那還用說。

全文完

後記　甜美的意外

寫下《渾蛋小姐》第一章的時候，完全沒有打算讓歐大瓦當男主角，沒想到寫到尾聲的時候，還是沒打算讓歐大瓦當男主角。（歐先生看開一點）

但是我得承認，寫到中間橋段時，我確實經歷了一番天人交戰，一直在思索究竟該讓這篇故事表達出「從前錯失緣分沒關係，只要努力，現在還是可以再續前緣啊。」還是「錯過就不再，何況眼前還有其他更優的菜。」

我反覆糾結了許久（半天左右），最後還是決定選擇後者，當然更大的主因是我私心比較喜歡石軒。（歐先生再看開一點）

網路連載期間，我收到一些大瓦派讀者的留言，大家的想法都好可愛！還有人到Facebook私訊告訴我好希望小磚和大瓦能在一起，甚至列舉他們應該在一起的理由。

說眞的，當時看到讀者的留言，我也一度覺得「說的也是，他們應該在一起的！」但是下一秒又想到石軒的美好（美味），所以又被蠱惑了。

大瓦派的朋友們請原諒我，然後，跟我一起投入石軒的懷抱吧！（歐先生不要哭）

說到底，我是個對角色很偏心的作者，一旦開始偏心，接下來就會繼續偏心下去，可能寫到一半會遲疑一下（眞的是只有一下），可是迅速就會勇往直前地偏心到底。

《渾蛋小姐》是我第九本正式出版的作品，這也代表我偏心了九次，基本上我在寫稿前所設定的大綱，與後來完稿的故事，完全是兩個世界。

我記得當初《渾蛋小姐》的大綱上面寫著：「小磚擁有預知能力，預知到將來無法和大瓦在一起，但是命運是自己創造的，所以小磚努力扭轉未來，在一次車禍中九死一生地救了大瓦。」

大綱的末段還寫了小磚與大瓦在病房中的感人對話，最終兩人成功交往。甚至大綱裡的苗小磚還是個內向又害羞的正直女人，誰知道寫出來完全不是這麼一回事。爲什麼會這樣？無解的謎團。

也許有人會問，那大綱裡的石軒呢？

不好意思，大綱裡沒有石軒。

石軒這號人物是我在寫第一章的時候，一時興起額外設定出來的。

是。

第一章。

我在第一章就偏離了大綱，眞的不愧是我。

其實，我對此已經不會感到驚訝了，畢竟這類情況已經發生過九次以上，說實在的，我甚至都覺得大綱是寫來讓自己推翻的。（棄療）

不過，對我而言，這也是寫作最有趣的地方。

我永遠不知道正式寫稿時會蹦出什麼新想法，直到我真正面對了Word空白頁面，直到我真正準備寫下某一章節，我會想到什麼就寫什麼。偏心了就繼續偏下去，這就像苗小磚吃到最對味的菜就會繼續吃下去一樣。

許多事情，未知眞的比較好玩。

石軒是苗小磚人生中的一個意外，正式稿子是我大綱後的一個意外。

而這些意料之外的發展，都甜美的令人意外。

言若夢

國家圖書館出版品預行編目資料

渾蛋小姐 / 言若夢著. -- 初版. -- 臺北市；城邦原創, 民 103.09
面；公分. --（戀小說；28）

ISBN 978-986-90505-9-3（平裝）

857.7　　103015902

渾蛋小姐

作　　者／言若夢
企畫選書／楊馥蔓
責任編輯／楊馥蔓

行銷業務／林政杰
總 編 輯／楊馥蔓
總 經 理／伍文翠
發 行 人／何飛鵬
法律顧問／台英國際商務法律事務所　羅明通律師
出　　版／城邦原創股份有限公司
台北市中山區民生東路二段 149 號 6 樓 A 室
電話：(02) 2509-5506　傳眞：(02) 2500-1933
E-mail：service@popo.tw
發　　行／英屬蓋曼群島商家庭傳媒股份有限公司城邦分公司
聯絡地址：台北市中山區民生東路二段 141 號 11 樓
書虫客服服務專線：(02) 25007718・(02) 25007719
24小時傳眞服務：(02) 25001990・(02) 25001991
服務時間：週一至週五09:30-12:00・13:30-17:00
郵撥帳號：19863813　戶名：書虫股份有限公司
讀者服務信箱 email：service@readingclub.com.tw
城邦讀書花園網址：www.cite.com.tw
香港發行所／城邦（香港）出版集團有限公司
地址：香港灣仔駱克道 193 號東超商業中心 1 樓
email：hkcite@biznetvigator.com
電話：(852)25086231　傳眞：(852) 25789337
馬新發行所／城邦（馬新）出版集團 Cité(M)Sdn. Bhd.
41, Jalan Radin Anum, Bandar Baru Sri Petaling,
57000 Kuala Lumpur, Malaysia.
電話：(603) 90578822　傳眞：(603) 90576622
email:cite@cite.com.my

封面設計／黃聖文
電腦排版／浩瀚電腦排版股份有限公司
印　　刷／城邦印書館股份有限公司
經 銷 商／高見文化行銷股份有限公司
客服專線：0800-055-365　傳眞：(02)2668-9790

■ 2014 年（民 103）9月初版　　Printed in Taiwan

定價 / 230元

ISBN　978-986-90505-9-3

書號：3PL028　**書名**：渾蛋小姐　**作者**：言若夢

請於此處用膠水黏貼

POPO城邦原創 www.popo.tw

讀者回函卡

謝謝您購買我們出版的書籍！
請費心填寫此回函卡，我們將不定期寄上城邦集團最新的出版訊息。

姓名：__________ 性別：□男 □女 聯絡電話：__________

生日：西元______年______月______日 傳真：__________

地址：__________

E-mail：__________

學歷：□小學 □國中 □高中 □大學 □碩士 □博士

職業：□學生 □上班族 □服務業 □自由業 □退休 □其它 ______

年齡：□12歲以下 □12～18歲 □18歲～25歲 □25歲～35歲
□35歲～45歲 □45歲～55歲 □55歲以上

您從何種方式得知本書消息：□POPO網 □書店 □網路 □報章媒體
□廣播電視 □親友推薦 □其它 ______

您喜歡本書的什麼地方：□封面 □整體設計 □作者 □內容
□宣傳文案 □贈品 □其它 ______

您常透過哪些管道購書：□書店 □網路 □便利商店 □量販店
□劃撥郵購 □其它 ______

一個月花費多少錢購書：□1000元以下 □1000～1500元 □1500元以上

一個月平均看多少小說：□三本以下 □三～五本 □五本以上 ______本

最喜歡哪位作家：__________

喜歡的作品類型：□校園純愛小說 □都會愛情小說 □奇幻冒險小說
□恐怖驚悚小說 □懸疑小說 □大陸原創小說
□圖文書 □生活風格 □休閒旅遊 □其它 ______

每天上網閱讀小說的時間：□無 □一小時內 □一～三小時
□三小時～五小時 □五小時以上

對我們的建議：__________

【為提供訂購、行銷、客戶管理或其他合於營業登記項目或章程所定業務之目的，家庭傳媒集團（即英屬蓋曼群島商家庭傳媒（股）公司城邦分公司、城邦文化事業（股）公司、城邦原創（股）公司），於本集團之營運期間及地區內，將以電郵、傳真、電話、簡訊、郵寄或其他公告方式利用您提供之資料（資料類別：C001、C002、C003、C011等）。利用對象除本集團外，亦可能包括相關服務的協力機構。如您有依個資法第三條或其他需服務之處，得致電本公司客服中心電話 02-25007718；25007719 請求協助。相關資料如為非必要項目，不提供亦不影響您的權益。】

請於此處用膠水黏貼